Le prof piégé

Le prof piégé

David Belbin

Traduit de l'anglais par
Marie-Andrée Warnant-Côté

Données de catalogage avant publication (Canada)

Belbin, David

Le prof piégé

(Frissons; 61)
Traduction de: Shoot the Teacher.
Pour les jeunes de 10 à 12 ans.

ISBN 2-7625-8415-9

I. Titre. II. Collection.

PZ23.B435Pro 1996 j813'.54 C96-940228-7

Conception graphique de la couverture: Jean-Marc Brosseau
Illustration de la couverture: Sylvain Tremblay
Mise en page: Michael MacEachern

Dépôts légaux: 2e trimestre 1996
Bibliothèque nationale du Québec
Bibliothèque nationale du Canada

ISBN: 2-7625-8415-9 Imprimé au Canada

LES ÉDITIONS HÉRITAGE INC.
300, rue Arran, Saint-Lambert (Québec) J4R 1K5
(514) 875-0327

FRISSONS™ est une marque de commerce des éditions Héritage inc.

À Paul

Chapitre 1

— Je n'y retourne pas !

André monte l'escalier d'un pas rageur. Claquant la porte de sa chambre derrière lui, il saisit sa guitare et la branche à l'amplificateur. Il tourne le bouton du volume à fond. Puis il commence à jouer en pinçant chaque corde comme s'il tirait à la mitraillette.

— André ! Arrête ce boucan ! crie sa mère en tambourinant contre la porte.

Il plaque un dernier accord et pose la guitare à terre devant le haut-parleur.

— J'en ai jusque-là de ton attitude, André Laniel !

Le bourdonnement du haut-parleur s'intensifie et emplit la chambre d'un horrible son distordu.

— André ! hurle sa mère.

Au moment où elle ouvre la porte, le son se transforme en un sifflement suraigu.

— C'est assez !

Elle débranche la guitare et le son cesse brusquement. Elle se dresse devant André, qui porte encore le t-shirt et le caleçon dans lesquels il a dormi. Son visage est rouge et ses yeux étincellent. Il est allé trop loin cette fois et il s'en fiche.

— J'en ai assez, André Laniel ! À seize ans, tu ne sais rien faire d'autre que du bruit !

André ne discute pas. Il sait par expérience que c'est inutile lorsqu'elle est dans cet état.

— J'en ai assez ! Cela fait quatorze ans que je m'occupe seule de toi. Maintenant, j'ai envie de retrouver une vie personnelle. Si tu ne veux pas retourner à l'école et reprendre tes examens, d'accord. C'est ton choix. Mais tu peux aller vivre ailleurs. Et emmène ta guitare avec toi, et ta chaîne stéréo, tes cassettes et les guenilles que tu appelles des vêtements. Je te donne une semaine !

Elle sort en claquant la porte.

André s'assied. Elle ne pense pas ce qu'elle dit, bien sûr. André n'a nulle part où aller. Il va lui donner cinq minutes, puis il descendra faire la paix avec elle. Il enfile un de ses bons jeans et va à la salle de bains. Il s'asperge le visage, puis se regarde dans le miroir.

S'il était sur scène avec son groupe, il serait *cool.* Ses jeans sont sur le point de tomber en lambeaux. Son t-shirt lui colle à la poitrine et ses longs cheveux bruns, épais et bouclés, lui cachent le visage. André n'aime pas son visage plus qu'il ne faut. Son nez est trop long, son menton aussi. Mais, ces jours-ci, c'est à la mode pour un musicien rock d'être laid.

D'en bas lui parvient le bruit d'une autre porte qui claque. Trop tard pour la réconciliation : sa mère est partie travailler au supermarché. Il est midi trente. André descend déjeuner. Une enveloppe est posée sur la table de cuisine. Sa mère a écrit à l'endos au stylo rouge : « JE PENSAIS CE QUE J'AI DIT ! » André tourne l'enveloppe : elle lui est adressée. Il reconnaît l'écriture pour l'avoir vue sur les cartes qu'il reçoit chaque année, l'une à son anniversaire, l'autre à Noël. Mais l'auteur de ces cartes est un étranger : son père.

La lettre est plutôt courte :

André,
Ta mère m'a écrit pour me communiquer tes résultats d'examens. Elle ajoute qu'elle ne veut plus s'occuper de toi, que c'est mon tour. Je ne sais pas si elle le pense vraiment. De toute façon, tu es à l'âge où tu pourrais te sentir prêt à quitter la maison. Si c'est le cas, j'ai une proposition à te faire.

André lit la lettre avec une incrédulité croissante. Ses parents se sont séparés quand il avait deux ans. Il a rarement vu son père depuis. Simon Laniel est toujours apparu sans prévenir pour s'occuper de lui pendant une après-midi occasionnelle. André n'a passé que deux fins de semaine complètes avec lui et, la deuxième fois, il avait dix ans. Son père était en charge du département de français d'une école secondaire mais, d'après l'expérience d'André, son aptitude à communiquer avec les enfants était remarquablement limitée.

Simon Laniel est excentrique. À chaque visite, il présente une image différente : une fois, il est tout de cuir vêtu et, la fois suivante, il porte un complet gris. Il reste dans les environs pendant quelque temps, puis il disparaît, parfois pour plusieurs années.

Il vient de décrocher un nouvel emploi dans une école privée. Il écrit encore :

Je sais que tu ne veux pas retourner à l'école. Mais celle-ci est différente. Peut-être que tu t'y plairais. Peut-être qu'on pourrait apprendre à se connaître un peu avant qu'il soit trop tard.

Il a joint une brochure décrivant « L'école libre du manoir aux Bouleaux ». Le nom lui est vaguement familier, mais André ne se souvient pas quand il l'a entendu mentionner. Selon la brochure, l'école n'est pas réservée exclusivement aux enfants de riches : « Les frais de scolarité sont établis d'après la situation financière de la famille. L'éducation n'a pas de prix. Nous demandons que chacun donne ce qu'il peut. » André trouve ça correct.

La brochure renferme la photo d'une magnifique résidence ancienne, entourée de ces bouleaux qui lui ont valu son nom. Au bas de la dernière page se trouve la liste des membres d'honneur : « Sandrine Apollinaire, actrice ; Élie Mercier, architecte ; Antonine Gauthier, philosophe ; Robert

Jodoin, industriel ; Suzanne Vanier, cinéaste ; Paul Nevers, musicien. »

Paul Nevers ! Le fondateur de Never Surrender, le meilleur groupe *heavy metal* des années 80 ? André ne peut pas le croire. Évidemment, Nevers s'est ramolli et ses récentes créations ressemblent plus à du Phil Collins qu'à du Metallica, mais son matériel plus ancien est constamment pillé. André éprouverait une grande satisfaction à dire aux ex-membres de son groupe, qui ont abandonné la musique pour se consacrer à leurs études : « Je vais à la même école que Paul Nevers. » Ça leur apprendrait !

À son retour du travail, la mère d'André essaie par tous les moyens de le faire changer d'idée. Elle cite des extraits de la brochure et se moque :

— Écoute ça : « Des enseignants dévoués encouragent la liberté d'expression et la croissance personnelle. » En d'autres mots, ils vous laissent faire ce que vous voulez ! Et ceci : « Il n'y a ni règlements ni programme prédéterminé. Les élèves dirigent eux-mêmes leur vie et établissent leur propre programme d'études. » Elle soupire et ajoute : André, tu ne peux pas y aller ! C'est un endroit où les riches envoient leurs enfants dont ils ne peuvent rien tirer. Il me semble que j'ai entendu parler de cette école il n'y a pas longtemps. Il était question d'un scandale…

— Maman ! Arrête !

André ne comprend pas les adultes : il y a quelques heures, sa mère l'a jeté à la rue ; maintenant, elle pleure parce qu'il veut s'en aller. Elle lui promet même qu'elle va essayer de lui obtenir un emploi à l'entrepôt du supermarché dont elle est la gérante, si c'est ce qu'il veut. Mais André veut aller à cette école. Les derniers mots de sa mère sur le sujet sont :

— Demande à ton père pourquoi il va enseigner là. Le salaire est minable. Ça ne m'étonnerait pas qu'il ait perdu son emploi et que cette école soit la seule où il ait été accepté.

Mais André ne pose aucune question à son père lorsque celui-ci vient le chercher. Il ne le connaît pas assez pour ça. Sa mère est au travail quand Simon arrive au volant d'une Escort rouillée. Il porte un coton ouaté et des jeans : monsieur Ordinaire. Il salue chaleureusement André. Après les salutations, cependant, ils se sentent embarrassés. Pour empirer la situation, il n'y a pas de place dans la voiture pour la guitare et l'amplificateur d'André. Des boîtes et des caisses encombrent déjà la voiture.

— J'ai vendu mes meubles avec l'appartement, explique Simon. J'ai jeté beaucoup de choses et j'en ai donné d'autres à Jeunesse au Soleil. Je prends un nouveau départ. Les biens matériels sont inutiles.

Le voyage dure plus d'une heure. D'abord, ils parlent de tout et de rien ; puis, après un long silence, Simon demande :

— Je suppose que tu as entendu les potins au sujet du manoir aux Bouleaux ?

— Je n'ai rien entendu.

— Ça m'étonnerait. Mais sache que ce n'est plus du tout comme ça.

— Je te le dis, je n'avais jamais entendu parler de cette école avant la semaine dernière. Est-ce qu'il y a quelque chose que je devrais savoir ?

Son père ne répond pas. Peut-être qu'il se concentre sur la conduite de l'auto. La route s'est rétrécie et il a commencé à pleuvoir. Lorsqu'il reprend la parole, Simon aborde un autre sujet :

— Au manoir, tout le monde s'appelle par son prénom. Les élèves ne diront pas « Monsieur », mais « Simon ».

— Alors ?

— Alors, je pensais que ce serait une bonne idée que tu m'appelles Simon, toi aussi.

André regarde le visage ridé de son père. Les yeux sombres de Simon Laniel fixent la route sans cligner. Ses cheveux s'éclaircissent sur le haut du crâne, mais sont longs sur la nuque. Cette idée de l'appeler par son prénom est un autre exemple des tentatives de son père pour changer d'image. Il a un nouvel emploi dans une école « libre », donc il se métamorphose en enseignant branché, qui traite son fils de la même façon que les autres élèves. Quelle chance !

— On pourrait considérer ça comme un nouveau départ pour nous deux, dit son père. Il est temps qu'on apprenne à se connaître en tant qu'adultes. Qu'en dis-tu ?

— O.K., si c'est ce que tu veux, *Simon* ! répond André d'un ton qu'il veut détaché.

* * *

— C'est ici ! dit Simon.

Il tourne dans une allée étroite. André s'attendait à ce qu'il y ait un grand portail ou du moins un écriteau, mais tout ce qu'il voit ce sont les mots LE MANOIR AUX BOULEAUX peints sur un mur de pierre.

Le chemin n'est pas asphalté. De l'herbe pousse au milieu ; les fondrières et les cailloux sont nombreux. Si une autre voiture arrive en sens inverse, ils devront reculer jusqu'à l'entrée.

— C'est pas du tout comme sur la photo, déclare André. C'est minable.

— Attends qu'on ait passé le tournant.

Simon klaxonne avant de prendre la courbe. Devant eux, à travers la pluie, ils aperçoivent les célèbres bouleaux qui ont donné leur nom à l'école. Un pont étroit s'arque par-dessus une rivière.

— Tu vas bientôt voir le manoir.

Soudain, un bruit aigu éclate.

— Qu'est-ce que…

Simon freine brusquement. André regarde le trou dans la vitre de la portière du conducteur. Puis il perçoit quelque chose plus loin.

— Penche-toi ! hurle-t-il.

Le deuxième coup de feu fait voler la vitre en éclats. Simon lance un juron sonore. André regarde par-dessus le dos courbé de son père, puis il ouvre sa portière.

— Reste penché !

— Non !

André a vu une silhouette en manteau vert disparaître dans le bois mais, maintenant, il ne voit plus rien. Il rentre dans la voiture. Son père enlève les morceaux de verre couvrant son coton ouaté. Il montre un plomb de carabine en disant :

— Ça n'aurait pas pu nous blesser à cette distance. C'est probablement un fermier à la chasse au lièvre.

André ne dit rien. Au loin, il lui a semblé entendre un éclat de rire.

Chapitre 2

— Ça ne pourrait pas avoir été l'un des nôtres, affirme Christine Daneau à Simon et à André, assis sur des chaises inconfortables dans son bureau. Il n'y a qu'une seule élève ici. Les autres arriveront lundi. Et, de toute façon, le conseil scolaire vote chaque année l'interdiction pour quiconque de posséder une arme, même un couteau…

— Hé ! minute ! s'écrie André. Je croyais qu'il n'y avait aucun règlement dans cette boîte.

— Cette « boîte » n'a aucun règlement *imposé par les enseignants*, réplique la directrice d'un ton glacé. Par contre, chaque année, l'assemblée des élèves vote certaines *lignes de conduite* pour assurer la bonne marche de l'école.

Derrière son bureau antique, madame Daneau fait pivoter son fauteuil de cuir pour se détourner d'André et faire face à Simon. Elle discute d'horaire avec celui-ci. D'après l'ennuyant dialogue, les élèves semblent faire ce qu'ils veulent. Les cours se répartissent entre rencontres en tête-à-tête avec divers tuteurs et sessions en petit groupe. André examine Christine Daneau : elle a tout à fait le genre directrice d'école austère et asexuée. Elle a déjà été une belle femme mais, maintenant, ses cheveux grisonnants coupés court et ses lunettes cerclées de métal donnent un air sévère à son visage aux pommettes saillantes. Christine paraît sentir qu'André l'observe. Elle se tourne vers lui et dit :

— Simon et moi avons beaucoup à discuter. Nous ne voudrions pas t'ennuyer.

André hausse les épaules. Est-ce un test ? A-t-elle lu ses anciens relevés de notes qui renferment souvent la phrase « s'ennuie facilement » ?

— Pourquoi est-ce que tu ne ferais pas un tour de reconnaissance ? suggère Simon.

Ce qu'André aimerait vraiment, c'est une tasse de café, mais on ne leur a rien offert depuis leur arrivée. Il semble qu'il doive s'en trouver une lui-même.

— O.K., dit-il. J'y vais.

Le manoir, un grand édifice carré datant du XVIIIe siècle, renferme des pièces froides au plafond haut. La directrice et son adjoint vivent au rez-de-chaussée. Les élèves habitent dans des résidences qui se dressent à quelques mètres de là.

André visite d'abord le manoir. Il passe d'une pièce déserte à l'autre. Déjà, l'ennui le guette. Lorsqu'il arrive à la bibliothèque, il se rend compte qu'il ne sait pas comment retourner au bureau de la directrice.

— Où sont-ils tous passés ? dit-il tout haut.

— Ils sont en congé. La rentrée n'est que dans deux jours.

Celle qui a parlé est invisible. Elle est probablement cachée derrière une des tables chargées de livres. Dès qu'il est remis de sa surprise, André fait le tour des tables. Il ne voit personne.

— Où es-tu ? demande-t-il, gêné qu'elle l'ait entendu se parler à haute voix, ce qui n'est pas dans ses habitudes.

Soudain, la voix reprend derrière lui :

— Tu es sans doute André Laniel.

Il se tourne. La voix est celle d'une fille, mais celle qui est devant lui est une femme d'au moins vingt ans. Elle est grande et ses formes sont épanouies. Son visage pâle serait magnifique si les cheveux auburn qui l'encadrent n'étaient pas coupés aussi court, comme ceux de la directrice.

— Comment sais-tu mon nom ?

— Christine Daneau, la directrice, est ma tante. C'est pour ça que je suis ici, malgré le règlement strict selon lequel les élèves n'ont pas le droit de rester aux Bouleaux pendant les congés. Sinon, certains ne partiraient jamais.

— Ils aiment tellement cette école ?

— Certains. D'autres détestent encore plus être dans leur famille, tout simplement.

André rit, bien qu'il ne soit pas sûr qu'elle a dit ça en blague. Elle a une voix haut perchée et sarcastique. Impossible de savoir si elle se moque ou non.

— Tu étudies ici ? demande-t-il poliment.

— Je termine mon collégial. L'an prochain, j'entre à l'université. Je m'appelle Noémi, dit-elle en lui tendant la main. Veux-tu que je te fasse faire le tour de l'école ?

— D'accord, dit-il, surpris au toucher de ses doigts glacés. Merci.

Dehors, la pluie a cessé. Noémi pointe du doigt deux grosses bâtisses en pierre au bord de la rivière et dit :

— Voilà les résidences des élèves.

— Est-ce que c'est mixte ?

Noémi ricane.

— Ça l'a déjà été, mais il y a eu trop de problèmes. Les gars sont plus nombreux ; ils ont la plus grande résidence.

— Combien y a-t-il d'élèves en tout ?

— Un peu moins de cinquante. Le taux d'occupation n'est pas à son maximum en ce moment. Voici le nouveau bâtiment d'enseignement. Il date de l'année dernière et il n'est occupé qu'à moitié seulement pour l'instant. Christine espère pouvoir y faire installer un studio d'enregistrement quand elle aura obtenu l'argent nécessaire.

Ils vont au bord de la rivière. Sur l'autre rive, un bois de bouleaux paraît mystérieux et un peu inquiétant.

— Oh ! j'ai oublié de te montrer où vivent les profs ! dit Noémi.

Dans le sentier, ils rencontrent Simon et Christine et les suivent jusqu'à une petite maison hors de la vue des résidences.

— Les profs vivent tous là-dedans ? demande André.

Il comprend pourquoi son père s'est débarrassé de la plupart de ses biens.

—Non, répond Noémi. Quatre enseignants vivent au village. Cette année, il n'y aura que Marc et ton père dans la résidence des enseignants. Oh ! et Mo, quand elle est dans les parages !

— Mo ?

— Monique Hivon, la psychologue de l'école.

— On n'en avait pas à Saint-Julie.

— Tu étais chanceux, dit Noémi d'un ton sincère. Mo déplace beaucoup d'air pour rien, si tu veux mon avis.

Elle sourit à André. Un timide rayon de soleil perce les nuages. « Cet endroit n'est pas si mal », se dit-il.

— Je suis contente que vous vous soyez trouvés, dit Christine Daneau en leur souriant. J'espère que vous serez amis.

— Bien sûr qu'on est amis, réplique joyeusement Noémi.

— Viens, André ! lui dit son père. Maintenant que j'ai vu où m'installer, il est temps qu'on sorte nos bagages de la voiture.

— Bonne idée ! dit Christine. Et toi, jeune fille, retourne à tes livres. Tu as beaucoup de retard à rattraper.

Noémi suit docilement sa tante vers le manoir, après avoir dit à André :

— À tout à l'heure !

André se dit que Noémi est correcte. Il est content qu'elle ne soit pas une bûcheuse, comme il l'avait craint en la voyant à la bibliothèque. Peut-être qu'ils pourront bien s'entendre.

Simon stationne la voiture devant la résidence des garçons. Lui et André déchargent les bagages de ce dernier et les déposent dans un salon du rez-de-chaussée. Puis ils transportent les effets de Simon dans la maison des enseignants. Lorsqu'ils ont terminé, André est épuisé. Tout ce qu'il veut, c'est se coucher. Mais il doit d'abord trouver une chambre.

La résidence comporte vingt chambres identiques, chacune meublée de lits superposés. Aucune n'est verrouillée — elles n'ont même pas de verrou — mais toutes montrent des signes d'occupation. André espérait ne pas devoir partager sa chambre, mais cela semble impossible. Finalement, il décide de s'installer dans celle du fond. Elle n'est pas différente des autres, sauf qu'elle offre une bonne vue sur la rivière et que la fenêtre s'ouvre complètement. Il se dit aussi qu'il sera moins dérangé par le va-et-vient des autres pensionnaires.

Il apporte ses affaires dans la chambre et essaie d'imaginer quel genre de garçon est celui qui l'occupe déjà. Une affiche du groupe Protection est collée sur le mur près des lits ; un cendrier Labatt

Bleue sale est posé par terre. Une veste de cuir est jetée sur la couchette du bas. André devra donc prendre celle du haut. Il n'y a pas de vêtements dans la garde-robe, dont le fond s'adosse au mur du couloir. André remarque qu'au bas, une pierre est détachée. Il l'enlève et passe sa main dans le trou, mais il ne trouve rien. Assoiffé, il ouvre le robinet d'eau froide et boit quelques gorgées dans ses mains en coupe. Il n'a jamais goûté d'eau aussi bonne, même en bouteille. Puis il grimpe sur la couchette du haut et, malgré le matelas trop mou, sombre immédiatement dans un profond sommeil.

Un grincement perçant le réveille, puis il y a un claquement. Ça lui prend quelques secondes pour se rappeler où il est. Il se tourne gauchement pour voir ce qui se passe. Une haute silhouette, au visage dissimulé par une cagoule verte, lui jette des regards furieux et dit :

— Tu vas mourir !

Chapitre 3

André tressaille, mais se tait. Le garçon à la cagoule déverse un torrent d'obscénités et finit par:

— ... qu'est-ce que tu fais dans ma chambre?

Complètement éveillé, maintenant, André décide de riposter:

— En fait, j'allais justement te poser la même question. Les élèves sont censés arriver seulement après-demain.

— Alors tu ne devrais pas être ici, non plus.

— Mon père enseigne ici.

André descend de sa couchette. S'il doit se battre, il préfère être debout. Il fait un mètre quatre-vingts; l'autre garçon a au moins cinq centimètres et plusieurs kilos de plus que lui.

— Écoute, dit André, je ne savais pas que c'était ta chambre. Je l'ai choisie parce qu'elle est au bout du couloir. Je préférerais en avoir une à moi tout seul.

Son opposant semble se détendre un peu.

— Je suis André Laniel.

Il tend maladroitement la main mais, au lieu de lui tendre la sienne, l'autre sort de sa poche un paquet de cigarettes et en allume une sans en offrir à André.

— Je suis Forestier, se présente-t-il.

— Est-ce qu'on ne s'appelle pas par nos prénoms, ici ?

— En effet, réplique Forestier sur un ton indiquant que la question est stupide. Voilà pourquoi je ne donne jamais le mien.

André saisit l'un de ses sacs.

— Je vais me trouver une autre chambre, alors.

Forestier lui souffle de la fumée dans la figure.

— Dis à quelqu'un que tu m'as vu et ça te coûtera cher. Compris ?

— Si tu le dis.

Forestier lui souffle de nouveau la fumée de sa cigarette en pleine face avant de dire :

— Si tu ne veux partager ta chambre avec personne, prend la onze. Stéphane Crochetière ne revient pas.

— Comment le sais-tu ?

— Je lui ai expliqué ce qui allait lui arriver s'il revenait.

La chambre onze n'a pas de vue sur la rivière et la fenêtre s'ouvre à peine. Le matelas du bas ne vaut rien, donc André décide de dormir sur la couchette du haut. Sur les murs, la peinture s'écaille. Mais André se dit que ça ira ; pas question qu'il partage la chambre de quelqu'un comme Forestier.

— André ?

C'est la voix de Noémi. Il descend de la couchette et va s'examiner dans le miroir placé au-dessus du lavabo. Il est moche. Ses jeans sont trop neufs. Par contre, son t-shirt semble avoir été porté pendant toute une semaine, ce qui est le cas. Ses cheveux sont sales et ont besoin d'une bonne coupe. Il regarde sa montre : il est dix-huit heures.

— André ? Es-tu là ?

Il ouvre la porte. Noémi est au milieu du couloir, une tasse fumante à la main.

— Désolé, dit André, je dormais.

— Café ? Simon m'a dit que tu prenais un sucre. C'est ça ?

Il hoche la tête.

— Le repas sera servi dans une demi-heure au manoir. Tu devrais en profiter : Christine est une bonne cuisinière. Mais après-demain, tu mangeras à la résidence. Les élèves préparent les repas à tour de rôle. Tu sais cuisiner ?

— Tu veux rire ?

— Tu apprendras. Chez les filles, la nourriture est épouvantable. Qui sait comment est celle des garçons.

André boit une gorgée de café. Noémi lui sourit.

— J'ai mis le chauffe-eau en marche, lui dit-elle, avant de s'éloigner. Au cas où tu voudrais prendre une douche avant le souper.

— Oui, bonne idée.

Il se déshabille, sort sa trousse de toilette et sa

serviette, puis trouve la salle de bains. L'eau de la douche ne sort qu'en trois températures : brûlante, tiède ou glacée. Après une douche rapide sous l'eau presque froide, André se rend compte qu'il devra aller souper avec les cheveux mouillés : pas de maman à qui emprunter un séchoir à cheveux. Quittant la salle de bains, il jette un coup d'œil dans le couloir sombre. La porte de la chambre de Forestier est close.

Il revient à la chambre onze et jette sa serviette mouillée sur la couchette du bas. C'est seulement alors qu'il s'aperçoit qu'il n'est pas seul.

— Tu as bon goût.

Étendu sur le plancher de la chambre d'André, Forestier a ouvert un de ses sacs. Les disques compacts sont éparpillés partout. Le regard de Forestier a la même expression moqueuse qu'André a vue plus tôt dans celui de Noémi. Montrant le dernier disque de 2 Source, il dit :

— Je ne l'ai pas encore écouté. Je peux l'emprunter ?

Il est évident qu'André n'a pas vraiment le choix.

Forestier se lève lentement. Chacun de ses gestes contient une menace, renforcée par son demi-sourire.

— Tu ferais mieux de te dépêcher, dit-il en ouvrant la porte. Tu ne dois pas être en retard au souper.

Au manoir, la salle à manger meublée à l'ancienne est impressionnante. Mais les regards d'André ne s'attardent sur aucun détail. Il ne quitte pas Noémi des yeux. Elle porte une robe fleurie qui dévoile ses formes. Un léger maquillage la fait paraître plus âgée. André se dit que ce n'est pas juste que les filles puissent se vieillir. Les garçons de son âge n'ont aucune chance.

Christine apporte deux grands plats de lasagnes, dont l'une est végétarienne. Simon verse du vin rouge dans tous les verres. Deux places sont encore vides.

— Marc et Mo nous rejoindront bientôt, dit Christine. Elle essaie probablement de l'arracher à son ordinateur. On va commencer sans eux.

André a presque vidé son assiette lorsque les autres convives arrivent.

La femme a de longs cheveux ternes qui bouclent inégalement. Elle porte un gros chandail et une courte jupe de velours côtelé bruns. L'homme a aussi les cheveux bouclés, mais ceux-ci, épais et dorés, lui masquent en partie le visage. Il est dans la jeune vingtaine, tandis que la femme doit avoir près de trente ans.

— Asseyez-vous, leur dit Christine. Vous connaissez Simon. Voici son fils, André. André, je te présente Monique Hivon et Marc Rodrigue. Ils vivent dans la résidence des enseignants avec ton père.

Dès que le repas est terminé, Christine s'excuse :

— Je dois vous laisser. J'ai du travail à faire. Noémi, peux-tu te charger de servir le café et de faire la vaisselle ?

Noémi hoche la tête. Christine se lève. Monique se lève aussi en demandant:

— Christine, je peux te dire quelques mots, en privé ?

Les deux femmes quittent la pièce ensemble.

André n'est pas pressé de quitter le manoir et de retrouver Forestier à la résidence. Il propose à Noémi de l'aider à faire la vaisselle. Alors qu'il transporte des assiettes à la cuisine, il entend des voix résonner dans le bureau de la directrice. C'est Monique qui parle le plus fort:

— Si je comprends bien, ç'a duré tout l'été !

— Mo, ce ne sont que des suppositions, réplique Christine d'une voix calme. Penses-tu que j'ignore ce qui se passe dans ma propre école ?

— On ne peut pas permettre qu'une chose pareille se produise de nouveau !

— Tu exagères, comme d'habitude, dit Christine d'une voix plus forte.

— Tu penses que j'exagère ? lance Monique d'un ton chagriné. De quoi est-ce que ça aura l'air dans les journaux ?

— Voilà qui ressemble dangereusement à une menace, dit la voix furieuse de la directrice. Surveille tes paroles, et ne répète à personne ce que tu viens de me dire. Souviens-toi qu'on ne sait même pas qui…

— Allez !

D'un air irrité, Noémi pousse André qui s'est arrêté pour écouter la conversation et lui bloque le passage. Il la devance rapidement jusqu'à la cuisine.

— Ce n'est sûrement pas aussi intéressant que ça en a l'air, lui dit Noémi en déposant la vaisselle dans l'évier.

— Tu sais de quoi elle parle ? demande André en branchant le percolateur.

— Non. Parle-moi de Simon. Pourquoi a-t-il quitté son poste pour venir ici ?

— Aucune idée. Je le connais à peine. Je ne suis même pas sûr que je l'aime. Est-ce que ça te paraît terrible que je dise ça de mon père ?

— Non. On dirait qu'on a beaucoup de choses en commun, dit-elle en lui touchant le bras.

Noémi insiste pour qu'André porte un tablier par-dessus ses vêtements fripés. Elle lui en noue les cordons. À son toucher, André frémit d'excitation.

Il n'a jamais eu de petite amie. La musique a toujours eu plus d'importance. Mais il n'a plus de groupe, maintenant, et même plus de guitare. Voilà qu'il a le temps pour le reste, l'amour ou le sexe, appelle ça comme tu veux, qui l'a toujours rendu nerveux, sauf quand il en parle dans une chanson.

— Dernier jour de liberté, demain, lui dit Noémi. Ça te dirait de venir te promener avec moi ? Je pourrais te montrer les alentours de l'école.

— Ce serait super !

Il essaie de faire durer la vaisselle et la conversation aussi longtemps qu'il le peut. Pourtant, bientôt la vaisselle est rangée et le café est prêt. Il emporte la cafetière à la salle à manger. Noémi va porter une tasse de café à sa tante et ne revient pas. Monique est déjà partie. Marc et Simon boivent leur café en vitesse, puis rentrent à la résidence. André n'a pas d'autre choix que de retourner à sa chambre. Il souhaite avoir la visite de Noémi, mais pas celle de Forestier.

Chapitre 4

André finit seul sa première soirée aux Bouleaux. Il se couche tôt et se lève tôt, le lendemain matin. Il met des jeans et un t-shirt propres, puis attend l'arrivée de Noémi. Elle ne vient le chercher qu'à dix heures.

Le soleil est de la partie. Noémi le guide à travers bois, puis dans une prairie.

— Qu'est-ce que tu as fait pendant l'été ? demande André.

— Je suis restée aux Bouleaux. J'ai lu, j'ai regardé des vidéocassettes. Christine et Marc m'ont aidée de temps en temps dans mes travaux scolaires. Quand j'ai été malade, l'an dernier, j'ai pris du retard.

— Tu as été malade ?

— Rien de grave, dit-elle évasivement.

— Pourquoi est-ce que Marc est resté ici ? Les enseignants ne quittent pas le manoir pendant les vacances ?

— Si. Mais Marc écrit un roman. Il a demandé à rester pour pouvoir écrire en paix.

— Mais toi, pourquoi est-ce que tu n'es pas retournée chez tes parents ?

— Ma mère est morte quand j'étais petite, dit-elle d'une voix étouffée. Elle n'avait pas épousé mon père, qui ne s'intéresse pas beaucoup à moi. Il voyage sans arrêt. J'ai vécu avec lui pendant une semaine en juillet, mais il était rarement à la maison. Alors, je suis revenue près de ma tante Christine.

— Que fait ton père ?

— Pas grand-chose. Il est très riche, je suppose, répond-elle en haussant les épaules.

— Tu t'entends bien avec ta tante ?

— La plupart du temps. Je n'ai pas tellement le choix. Parfois, elle me rappelle ma mère. À d'autres moments, elle peut être tyrannique. C'est son emploi qui veut ça.

Ils sont au sommet d'une colline. La pente est abrupte et, lorsqu'ils se mettent à descendre, ils glissent sur l'herbe humide.

— Retiens-moi ! crie André.

Noémi jette les bras autour de lui. Ils tombent par terre et roulent, emmêlés. Ils restent étendus sur l'herbe en riant. Lentement, ils se séparent. André se lève et tend la main à Noémi pour l'aider à se redresser. Elle repousse sa main et lui fait la leçon :

— Ne fais jamais rien pour une fille de cette école sans qu'elle te l'ait demandé. Ici, nous ne sommes pas le sexe faible.

— Je ne…

L'humeur du moment précédent s'est évanouie. André regarde le bois qui cache le manoir. Quelqu'un portant une cagoule verte les observe.

— Sais-tu qui c'est? demande-t-il à Noémi en pointant du doigt la silhouette lointaine.

— Il y a beaucoup de promeneurs par ici, répond-elle en secouant la tête.

Il ne croit pas que ce soit un quelconque promeneur et lui parle de Forestier.

— Qu'est-ce qu'il fait à l'école? s'étonne-t-elle.

— Comment le saurais-je? Mais je prétends que c'est lui qui a tiré sur Simon et moi.

— Pour quel motif?

André hausse les épaules. Noémi l'entraîne le long de la rivière en direction opposée au manoir:

— On n'est qu'à deux kilomètres du village. Allons-y.

C'est un petit village: une église, quelques maisons, une seule rue bordée de boutiques.

— J'ai une petite course à faire, dit Noémi. Profites-en pour visiter le village. On se retrouve devant l'église, d'accord?

Elle s'éloigne. André examine les boutiques: dans la vitrine de la librairie, il n'y a que des livres sur l'alpinisme et le canotage.

André s'assied sur le perron de l'église. Tout à coup, il aperçoit Noémi qui s'approche au volant d'une petite voiture.

— Monte!

— C'est à toi ? demande-t-il en ouvrant la portière du passager.

— C'est la voiture de Christine. J'avais promis à ma tante de venir la chercher au garage.

André est déçu : il croyait que le but de la promenade était d'être ensemble.

— Comment trouves-tu le village ? demande Noémi.

— Pas mal pour un village sans magasin de disques.

— Tu veux voir des disques ? Allons à Saint-Jacques. Je voulais justement y faire des courses et je n'ai pas souvent l'occasion de conduire la voiture.

Noémi conduit vraiment vite.

— Est-ce que tu as… ton permis ? demande André.

— Parce qu'elle ne croit pas aux règlements, Christine me laisserait conduire sans permis, hein ? réplique Noémi d'un ton moqueur. Oublie ça. Sa maxime c'est : « Pour vivre hors la loi, il faut être honnête. » Elle ne laisserait personne qui a un rapport avec l'école faire quelque chose d'illégal. La réputation de l'école lui tient trop à cœur.

Le magasin de disques est fantastique : André y découvre plein de vieilles cassettes introuvables ailleurs. Lorsque Noémi revient une demi-heure plus tard, il est de meilleure humeur. Elle regarde de vieux albums. Il jette un coup d'œil par-dessus son épaule et aperçoit un album récent de Paul Nevers dans la pile qu'elle examine.

— Est-ce que Nevers n'a pas étudié aux Bouleaux ?

Noémi ne répond pas, mais le disquaire intervient :

— Nevers ! Il allait à l'école près d'ici. Il revient de temps en temps. Il est entré ici, une fois, et il a dépensé près de cent dollars.

— Je n'aime pas ce qu'il fait, maintenant, déclare André.

— Moi non plus, approuve le disquaire. Mais les albums de Never Surrender, ce sont de grands classiques, tous les trois.

— Vous l'avez vu en spectacle ?

— André, on s'en va ! dit brusquement Noémi, interrompant la conversation d'un ton impatient.

— Excuse-moi ! Tu t'ennuyais, dit André lorsqu'ils sont dans la voiture.

— Je ne voulais pas te parler sur ce ton-là, dit Noémi d'une voix plus joyeuse. Ça m'arrive de temps en temps. N'y prête pas attention.

De retour aux Bouleaux, ils croisent plusieurs enseignants sortant d'une réunion. La vitre de la voiture de Simon a été remplacée, mais on peut encore voir des trous de plombs dans la carrosserie.

Au souper, il y a un convive de plus que la veille. Philippe Marchand est un homme mince aux vêtements impeccables. Ses cheveux sont très courts, à part de longs favoris ridicules sur ses joues.

— Quel est le sujet de ton roman, déjà ? demande-t-il à Marc.

— La tyrannie du médiocre et le terrorisme du banal, répond Marc. Je suis de l'école du « sale réalisme ».

— Oui, mais... quelle en est l'intrigue ? demande Marchand d'un air stupéfait.

Marc lui jette un regard méprisant.

— Une intrigue ? Voilà un concept bourgeois auquel j'essaie de ne pas succomber, répond-il brusquement. Laissons cela aux romans policiers.

Ce commentaire tue la conversation. Dès que le repas est terminé, Marc offre son aide à Noémi pour faire la vaisselle. Marchand pose quelques questions à Simon, puis s'en va. Monique quitte la pièce en compagnie de Christine, sans doute pour continuer la conversation de la veille. André reste seul avec son père, pour la première fois depuis leur arrivée.

— Comment est ta résidence ? demande Simon.

— Pas mal. Ce sera mieux quand on sera plus nombreux.

— Tu veux venir regarder la télé avec moi ?

André secoue la tête. Il n'a pas envie de tenir compagnie à un enseignant, même si celui-ci est son père. De plus, il garde l'espoir que Noémi vienne lui rendre visite.

— Tu sembles bien t'entendre avec la nièce de

Christine, dit Simon, devinant ses pensées.

— Elle est gentille.

— Ne te fais pas trop d'illusions, l'avertit gentiment son père. Vous n'êtes pas tout à fait du même monde, mon vieux.

— Je sais.

— Bon.

De retour dans sa chambre, André repense aux paroles de Simon. C'est la première conversation d'homme à homme qu'il a avec son père. Il aurait préféré aborder un autre sujet. Il aime déjà trop Noémi.

Dans sa chambre, Forestier fait jouer du Nirvana. André est impressionné : c'est un disque compact importé du Japon. Lui-même a dû économiser durant un mois pour pouvoir s'en procurer un exemplaire.

Des heures plus tard, il se couche, déçu que Noémi ne soit pas venue. Il entend encore Nirvana. Il lui vient à l'idée de chercher son propre exemplaire. C'est bien ce qu'il craignait : plusieurs de ses disques compacts ont disparu, dont celui de Nirvana. Il lâche un gros juron. Il n'y a qu'une chose à faire : confronter Forestier immédiatement. André se rhabille et sort de sa chambre. Il doit agir avant de changer d'idée.

Il frappe de toutes ses forces à la porte de la chambre de Forestier. Comme il n'obtient pas de réponse, il entre. Forestier n'est pas là. Sa chaîne stéréo est programmée pour jouer continuellement.

André « éjecte » son disque compact. Par la fenêtre ouverte, il entend tout à coup un bruit de détonation éclater au loin. Peut-être que Forestier est en train de tirer sur des voitures.

Plusieurs disques sont éparpillés sur le plancher. André ramasse ceux qui lui appartiennent, puis retourne dans sa chambre. Il a hâte au lendemain pour ne plus être seul avec Forestier dans la résidence. Il guette le retour de la brute, mais n'entend que le vent et la pluie.

Chapitre 5

Toute la journée, des élèves arrivent.

— Où est Christine ? demande André à Noémi. Je croyais qu'elle s'occuperait de l'accueil.

— Sa porte est fermée. Ce qui signifie qu'elle ne veut pas être dérangée. Je suppose qu'elle reçoit des parents.

Simon est chargé de l'attribution des chambres, à la résidence des garçons.

— Tu partages ta chambre avec Stéphane Crochetière, dit-il à André. Il n'est pas encore rentré.

Forestier est l'un des derniers à arriver. André ne le reconnaît pas tout de suite. Il voit un garçon séduisant descendre d'une Porsche dernier modèle. Une magnifique blonde, sa mère sans doute, l'aide à sortir ses bagages du coffre. Puis elle l'embrasse et s'en va. Ce nouveau Forestier porte une chemise rose et des jeans noirs. Ses cheveux sont courts et couverts de gel. Il ressemble plus à un mannequin qu'à un étudiant. Il salue d'un royal geste de la main. La réaction est stupéfiante. Les autres résidents semblent s'animer en sa présence. Les plus jeunes se précipitent pour porter ses bagages. Tous lui posent des questions sur ses vacances.

— La routine : San Francisco, Las Vegas, Malibu. Je me suis organisé pour faire une retraite d'une semaine en Gaspésie.

En disant cela, il lève les yeux pour lancer un regard à André, puis il poursuit :

— C'est ce que j'ai préféré : planter ma tente au hasard de ma route, parler aux habitants au hasard des rencontres…

Il est impossible de ne pas remarquer les regards admiratifs. Forestier est le centre d'attention et il aime ça.

— Un moment, s'il vous plaît, dit Marchand. Je suis juste venu vous rappeler qu'il y a une réunion pour les nouveaux au manoir dans cinq minutes, et que les autres doivent répartir les tâches pour les repas. Si vous voulez souper, il est temps de désigner les responsables.

Quelques garçons se lèvent pour se rendre à la réunion. André se joint à eux. Ce serait étonnant qu'il apprenne quoi que ce soit, mais il pourrait se faire de nouveaux amis. Cette pensée s'efface rapidement lorsqu'il arrive au manoir. La majorité des onze nouveaux élèves ont douze ou treize ans. Un garçon semble avoir environ son âge. Il est incroyablement maigre et porte des lunettes à verres épais. André ne pense pas qu'ils ont des intérêts communs. Et il y a une grosse fille blonde d'environ quinze ans. Elle s'approche d'André dès qu'il entre et lui dit :

— Je m'appelle Tania. Et toi ? Pourquoi es-tu ici ? Mes parents ont trouvé l'annonce de cette école dans un journal. Ils avaient presque perdu espoir de trouver une école qui m'accepterait.

— Pourquoi ? se sent-il forcé de demander.

— Je mets le feu partout.

— Oh !

— Bonjour à tous ! dit Philippe Marchand. Au nom de Christine Daneau et de tout le personnel, je vous souhaite la bienvenue à l'école du manoir aux Bouleaux. Je suis Philippe Marchand. Vous pouvez m'appeler Philippe. Nous sommes tous égaux, ici. Nous espérons apprendre autant de vous, que vous de nous.

— Il va peut-être en apprendre plus qu'il le voudrait, murmure Tania.

Philippe leur explique le fonctionnement de l'école et termine par ces mots :

— Je suis désolé que la directrice ne puisse vous rencontrer ce soir. Vous la verrez à l'assemblée, demain. Entre-temps, permettez-moi de vous présenter la psychologue de l'école, Monique Hivon.

Monique s'avance en souriant à Philippe, qui quitte la pièce.

— Je ne suis pas une enseignante, annonce-t-elle. Je l'ai déjà été, mais j'ai découvert que je préfère rencontrer les élèves en tête-à-tête. Je souhaite que vous aimiez cette école. Au début, vous pouvez vous sentir désorientés et effrayés par toutes les libertés nouvelles. Personne ne vous oblige à assister aux cours, par exemple. Personne ne vous dit à quelle heure vous coucher, le soir. Vous pouvez fumer, mais attendez-vous à ce qu'on vous rappelle les méfaits du tabac.

Quelques ricanements se font entendre.

— Vous voudrez profiter à plein de ces libertés nouvelles. Mais rappelez-vous : la liberté s'accompagne de responsabilités.

Elle continue à parler de façon détendue de certains problèmes, comme les grossesses non désirées, mais André écoute à moitié. Il y a eu des bruits de coups et un cri ; il lui semble avoir entendu le nom de la directrice. Si Monique en a été consciente, elle n'en termine pas moins son discours d'un ton égal.

Les élèves quittent la salle pour aller souper à leur résidence. Monique pose la main sur l'épaule d'André et dit :

— Tu es le plus âgé, André, ça te donne des responsabilités supplémentaires.

— Si tu le dis.

— Pourquoi ne deviens-tu pas l'ami de Mathieu ? dit-elle en désignant le garçon maigre qui sort. Il est timide, mais c'est un génie. Vous vous entendrez bien.

Marchand entre en trombe et, s'approchant d'eux, il chuchote nerveusement :

— Je serais allé chercher Marc et Simon, mais

ils sont de service à la cafétéria. C'est Christine. On ne l'a pas vue de la journée. Je croyais qu'elle recevait des parents dans son bureau. Elle a répondu au téléphone en début de journée. Mais quand je suis allé frapper à sa porte, il y a deux minutes, il n'y a pas eu de réponse. J'ai essayé d'ouvrir, mais la porte est fermée à clé. Christine ne ferme jamais sa porte à clé ! J'ai frappé plus fort: toujours pas de réponse.

— Est-ce qu'il y a un double de la clé ? demande Monique.

Philippe secoue la tête.

— Elle n'a jamais fermé sa porte à clé auparavant.

— Bon, restons calmes, dit Monique en prenant Philippe par la taille. Que veux-tu qu'on fasse ?

— Il n'y a qu'une chose à faire: défoncer la porte, dit Philippe d'un ton désespéré.

Ils se ruent vers le bureau de la directrice. Monique s'approche de la porte et dit:

— Christine ? C'est Monique ! Écoute, nous craignons que tu aies eu un malaise et que tu sois incapable de nous répondre. Alors, on va forcer ta porte. Ne t'inquiète pas. On essaiera de ne pas causer trop de dommages.

Elle fait un signe de tête à André et à Philippe. Ils s'élancent tous trois contre la porte. Ils se font mal à l'épaule, mais la lourde porte de chêne ne bronche pas. Ils recommencent, sans plus de succès.

— Donnons des coups de pied, suggère André.

Trois pieds frappent la porte, qui reste intacte.

Mais des fentes apparaissent dans le bois de l'encadrement. Ils frappent encore et encore. Au sixième coup, les gonds cèdent et ils peuvent enlever la porte. Une mauvaise odeur flotte dans le bureau. Marchand entre le premier.

— Non ! Pas ça ! s'exclame-t-il.

Monique le suit et s'écrie à son tour :

— Oh ! mon Dieu ! Mon Dieu !...

André entre et aperçoit le corps de la directrice affalé sur son bureau, la tête baignant dans une mare de sang.

— Pourquoi ? s'exclame Marchand. Pourquoi a-t-elle fait ça ?

Monique secoue la tête. André se sent étrangement calme. Il voit que les deux adultes sont en état de choc, mais pas lui. Il connaissait à peine Christine Daneau. Marchand avance la main pour saisir le combiné du téléphone.

— N'y touche pas ! ordonne André. Il pourrait y avoir des empreintes digitales !

Le voyant du téléphone est allumé. Voilà pourquoi Marchand croyait qu'elle l'avait décroché. Sur le bureau, près du cadavre, il y a une clé.

— Inutile de s'énerver, ordonne Monique d'un ton très peu rassurant. Il est clair que c'est un suicide. Elle s'est flambé la cervelle dans une pièce verrouillée.

— Dans ce cas, rétorque calmement André, peut-être pourriez-vous me dire une chose ? Où est le revolver ?

Chapitre 6

Simon Laniel quitte précipitamment la résidence des garçons. Il a l'air mécontent.

— Ah ! André, te voilà ! Le repas est commencé. Tu vas manquer...

Il s'arrête, hors d'haleine, et remarque alors l'expression sur le visage de son fils.

— André, est-ce que ça va ?

André hoche la tête et dit :

— Ce n'est pas moi, c'est...

Une voiture de police apparaît dans l'allée.

— Christine est morte, déclare André.

Le visage de son père devient blanc comme un linge.

— Comment ?

— Quelqu'un l'a tuée.

Simon se prend la tête à deux mains et gémit :

— Non ! Pas Christine ! Non !

Deux policiers descendent de voiture. Simon paraît anéanti. André ne comprend pas pourquoi son père est si bouleversé. Il connaissait cette femme à peine mieux que lui. Mais il y a quelqu'un pour qui elle comptait beaucoup.

— Écoute, Simon, quelqu'un doit prévenir Noémi. Les autres élèves doivent tout ignorer pour le moment. Irais-tu la chercher ? Je vais lui parler.

— Je ne sais pas si…

— S'il te plaît !

— Bien… dit Simon qui ne semble pas pouvoir penser clairement. D'accord.

— Je vais vous attendre à ta résidence.

Simon s'en va, tandis que les policiers s'approchent. André leur explique où aller et accepte de les rencontrer plus tard. Puis il court vers la résidence des enseignants.

Noémi l'attend dans la cuisine. Avec sa robe ajustée et son maquillage, elle a de nouveau l'air d'une femme.

— Il vaudrait mieux que tu t'asseyes, lui dit-il.

Elle secoue la tête et dit d'un ton impatient :

— Écoute, ton père m'a traînée hors de la salle à manger où je parlais avec des amies que je n'ai pas vues de tout l'été, sous prétexte que tu avais quelque chose d'important à me dire. Alors *qu'est-ce que c'est* ?

— C'est Christine. Elle est morte.

— Morte ?

Noémi lui jette un regard incrédule.

— On lui a tiré dessus. Ça ressemblait à un suicide, mais il n'y avait pas de revolver…

— Christine ne se suiciderait jamais, pas après…

Quelqu'un l'a tuée.

Tandis que Noémi accuse le coup, la porte de la cuisine s'ouvre et Marc leur jette un regard anxieux.

— J'ai pensé qu'il serait préférable de venir voir si tout va bien. Ton père a un drôle d'air, André.

— Il ne s'agit pas de Simon.

— C'est Christine, dit Noémi. On lui a tiré dessus. Elle est morte.

Immédiatement, Marc prend Noémi dans ses bras. Elle s'abandonne contre sa poitrine et éclate en sanglots. André sent un pincement de jalousie. C'est lui qui devrait enlacer Noémi. Puis il a honte. Marc la connaît depuis plus longtemps. Elle a besoin d'un homme dans un moment comme celui-ci, pas d'un garçon.

— Je dois y aller, les policiers veulent m'interroger, dit-il à Marc. Il ne faut rien dire aux autres élèves.

— Merci de ton aide, André, dit Marc.

À la résidence des garçons, Simon est assis, l'air absent, à une table de la salle à manger. À sa droite, Forestier raconte une blague qui fait rire tous les dîneurs. André se demande si les autres pensionnaires éprouvent une admiration sincère pour lui ou bien s'ils le craignent. Il est parfois difficile de faire la différence.

D'abord, André a craint Forestier, mais ce sentiment s'est mué en une haine féroce. « Il pourrait l'avoir fait », se dit André. La nuit dernière, il a entendu un bruit de détonation lorsque Forestier était dehors. André ne lui connaît aucun mobile de tuer Christine, mais Forestier n'avait aucune raison non plus de tirer sur Simon, deux jours plus tôt. C'est peut-être un psychopathe.

André se faufile jusqu'au bout du couloir et entre dans la dernière chambre. Des vêtements chic sont jetés sur le lit. Un portefeuille débordant de billets de banque est ouvert sur le bureau. André entre dans la garde-robe et enlève la pierre détachée. Il réussit à retirer une deuxième pierre. Il passe les doigts dans le trou, mais ce n'est qu'après avoir enlevé une troisième pierre qu'il peut sortir l'objet. C'est une carabine.

Il y a également une boîte de plombs. André sait que Christine Daneau n'a pas été tuée par des plombs. Forestier est sans doute celui qui a tiré sur la voiture de Simon. Mais s'il a tué la directrice, il a trouvé une meilleure cachette pour l'arme du crime. André range la carabine là où il l'a trouvée et remet les pierres en place. Il quitte la chambre pour se rendre à son rendez-vous avec les policiers.

Les enquêteurs utilisent le bureau de Marchand, où la seule touche personnelle est une photo de ses deux enfants.

— Tu as aidé à fracasser la porte, paraît-il, dit la détective Cartier.

— Exact.

— Étais-tu déjà entré dans ce bureau ?

— Une fois. Il y a deux jours.

— Et as-tu remarqué des changements ?

André réfléchit. Il essaie de trouver comment amener Forestier dans la conversation. Il a peu de souvenirs du bureau.

— Seulement la clé. Je ne crois pas qu'elle y était la première fois.

— Tu as remarqué la clé, après avoir été dans cette pièce une seule fois auparavant ?

André se rend compte qu'il ne devrait pas tant penser à Forestier. Il pourrait être considéré comme un suspect lui-même.

— C'est parce que Philippe a dit que la porte n'était jamais fermée à clé et qu'il n'y avait pas de double. C'est pour ça que je l'ai remarquée.

La policière semble satisfaite de cette explication.

— Autre chose ? demande-t-elle.

— Non, désolé.

— Peux-tu donner un compte rendu de tes activités d'hier soir ?

— Ça s'est passé hier soir ?

— Je ne peux pas encore le confirmer. J'attends le rapport de l'expert médicolégal. De toute façon, je veux savoir qui était ici et ce que chacun faisait au moment du décès.

André n'a aucun alibi ; il est resté seul toute la soirée.

— J'ai soupé avec Christine et d'autres personnes. Puis je suis rentré à la résidence, où je me suis couché vers vingt-trois heures trente.

— Alors, tu n'as vu personne et rien entendu ?

— Bien, pas tout à fait…

Il raconte tout ce qu'il sait sur Forestier : les plombs sur l'Escort, ses entrées et sorties par la fenêtre de sa chambre, les menaces et le bruit semblable à un coup de feu. La policière ne paraît pas impressionnée.

— Une carabine ne prouve rien. Il y a pas mal de jeunes qui en possèdent. Et madame Daneau a été tuée par un revolver de calibre .38. Mais je vais interroger ce garçon. Tu dis qu'il s'appelle Forestier ?

— Oui.

Elle examine une liste des noms d'élèves et demande encore :

— Le vicomte Antoine Forestier ?

— Peut-être. Je suppose.

André ignorait que Forestier était un aristocrate. Ça explique en partie sa popularité. Après avoir dit à la policière où elle peut trouver celui-ci, André sort. Monique Hivon attend dans le couloir. Il se souvient alors de la discussion violente que celle-ci avait eue avec Christine.

Il veut revoir Noémi et lui demander ce qu'elle sait au sujet de Forestier. Elle n'est ni à la résidence des filles ni à celle des garçons. Mais là, André voit de loin un policier demander à Forestier de le suivre pour être interrogé par la détective Cartier. D'abord stupéfait, Forestier tourne l'incident en blague au profit de son entourage.

À la résidence des enseignants, André trouve

Marc et son père assis dans la cuisine en train de boire du whisky.

— Je cherche Noémi, leur dit-il.

— Elle dort, répond Marc. Je lui ai prêté mon lit. On ne pouvait pas la laisser retourner à la résidence dans l'état où elle était.

— Je lui ai donné quelques somnifères, dit Simon. Elle va dormir jusqu'à demain.

André ne savait pas que son père prenait des somnifères. Mais il ignore beaucoup de choses sur son père.

— La détective veut interroger tous ceux qui étaient ici hier soir. Toi, d'abord, Marc.

L'enseignant se lève et dit:

— Espérons que c'est un suicide et que ça ne s'ébruitera pas. L'école n'a vraiment pas besoin d'un autre scandale.

— Un autre? s'étonne André.

Mais Marc est parti.

Maintenant qu'ils sont seuls, André parle de Forestier à son père.

— Tu es sûr que c'est lui? demande Simon.

— Absolument. Qu'est-ce que tu sais sur lui?

— Je sais qu'il vient d'une famille très ancienne et très riche. Son père, le comte Forestier, a payé en grande partie la construction du nouveau bâtiment d'enseignement. Je vais enseigner à son fils. Christine m'a dit de le traiter comme les autres élèves. Il a énormément d'influence sur ses camarades. Je crois qu'il y a un incident dans son passé. Mais la plupart des élèves du manoir ont eu des problèmes avec leurs écoles précédentes. Je ne sais pas quel délit il a commis.

— Qui le saurait ?

— Monique. Philippe, sans doute. Mais je ne devrais pas te dire tout ça. Je ne connais pas ce garçon. Christine semblait penser qu'il n'est pas si terrible lorsqu'on apprend à le connaître.

Ils parlent encore un moment, puis Monique les rejoint.

— Est-ce qu'ils veulent m'interroger ? lui demande Simon.

— Pas avant d'avoir fini avec Marc. N'y va pas maintenant.

André sent que Monique veut parler seule à seul avec son père. Il retourne dans sa chambre. Lorsqu'il presse l'interrupteur, il ne se passe rien. L'ampoule doit être brûlée. Il avance lentement en tendant le bras pour allumer sa lampe de chevet.

C'est alors qu'ils lui sautent dessus. André est jeté par terre. Une chaussette sale lui est fourrée dans la bouche. En silence, plusieurs garçons lui tiennent les bras et les jambes. Des coups pleuvent sur son corps, là où les bleus ne se verront pas. C'est une torture exécutée de façon professionnelle. André a déjà reçu des raclées, mais jamais aussi complètes. Lorsqu'ils ont terminé, la lumière d'une torche est braquée sur son visage.

— Je t'avais dit que je te tuerais, siffle une voix familière. La prochaine fois, je le ferai.

Forestier retire la chaussette mouillée de la bouche d'André et lui demande:

— Pourquoi as-tu dit aux policiers que j'étais ici? Que cherchent-ils? De la drogue?

— Je ne peux pas te le dire.

— Tu leur as dit que je suis un voleur. Tu crois que j'ai besoin de voler?

— Tu as pris mes disques compacts.

— Ici, entre nous, dit Forestier en riant, toute propriété est un vol. Ce qui est à toi, est à moi.

— Très commode!

— Tu t'es mis les pieds dans les plats, Laniel, ricane Forestier. Je ne sais pas ce que je suis censé avoir fait hier soir, mais ça ne peut pas être moi. Des tas de gens m'ont vu prendre l'autobus. Tu as essayé de m'incriminer, mais tu n'as réussi qu'à te ridiculiser. Tu as beaucoup à apprendre, n'est-ce pas?

André reste silencieux. Il est désorienté. Si Forestier n'a pas tiré, qui l'a fait?

— Donnez-lui une leçon, les gars!

Les hommes de main de Forestier recommencent à le frapper.

Chapitre 7

Le lendemain matin, la résidence bourdonne de rumeurs sur les causes de la présence policière à l'école. André n'a pas d'énergie pour essayer d'entamer une conversation avec les étrangers qui l'entourent. Il a mal partout. Il est content que Simon vienne le chercher pour l'emmener au manoir.

Les policiers prennent ses empreintes digitales. André se sent comme un criminel, bien que les cinq autres personnes présentes le soir du crime aient subi la même procédure. Ce sont : Philippe Marchand, Simon Laniel, Marc Rodrigue, Monique Hivon et Noémi Daneau.

Les trois enseignants habitant la résidence s'étaient couchés tôt ; aucun ne peut donc fournir d'alibi aux autres. Il semble que les policiers acceptent l'alibi de Forestier : ils ne prennent pas ses empreintes digitales. André se demande si le comte Forestier a quelque chose à voir avec le traitement de faveur que la police réserve à son fils. Aucune annonce officielle de la mort de la directrice n'a encore été faite aux journaux. Cependant, Marchand décide qu'il ne peut plus tarder à en informer les élèves. Il le fait lors de l'assemblée du matin quand tous les élèves sont réunis dans le petit hall :

— Vous vous demandez pourquoi la police est ici. J'ai bien peur d'avoir une triste nouvelle à vous apprendre : hier, Christine, notre directrice, a été trouvée sans vie dans son bureau. Elle était morte depuis la veille.

André regarde autour de lui. Tous les élèves paraissent affectés par la nouvelle. Même l'arrogant Forestier semble triste. André peut à peine se tenir debout tant son corps le fait souffrir. Maintenant, la brute sait pourquoi il a dû parler de lui aux policiers.

— Nous ne connaissons pas la cause de la mort de Christine, poursuit Marchand, mais il semble que ce soit un accident tragique...

Le dit-il pour ne pas effrayer les élèves ? André ne voit Noémi nulle part. Elle dort sans doute encore. Monique et Marc se tiennent près de Simon. Aucun ne paraît avoir bien dormi. Marchand rend hommage à Christine. Il décrit ses années d'étude au manoir, son travail dans les écoles des quartiers les plus durs de Montréal, ses années de bénévolat en Afrique.

— L'éducation était toute sa vie, dit-il. Lorsqu'elle fut nommée directrice de cette école, il y a deux ans, elle a perçu cette nomination comme la consécration de ses ambitions. Elle faisait superbement bien son travail, restaurant la réputation de l'école après une période perturbée.

André regarde autour de lui. Plusieurs personnes pleurent sans retenue, Monique entre autres. La voix de Marchand est enrouée par l'émotion :

— Les funérailles ne peuvent avoir lieu tant que le rapport de police n'a pas été remis, ce qui peut prendre quelques jours. L'école sera alors fermée pour la journée, pour que ceux qui le veulent puissent y assister. D'ici là, les cours continuent. C'est ce que Christine aurait voulu. Elle vous aurait dit qu'apprendre à vivre avec un deuil fait partie de la vie…

Il doit s'essuyer les yeux avant de terminer :

— J'aimerais maintenant que nous gardions une minute de silence.

Mais la minute n'est pas silencieuse. Tous les élèves pleurent, même Forestier, même les nouveaux. André les regarde froidement, ne se sentant pas concerné par leur peine. Puis il se rend compte que les larmes qui tombent sur sa chemise sont les siennes.

* * *

Gilles Portelance, le professeur d'histoire, écoute André décrire le cours qu'il suivait à son ancienne école.

— Il me semble que tu n'as pas appris grand-chose, constate-t-il.

— Je ne voyais pas l'intérêt d'étudier l'histoire.

— Non? S'il te plaît, comprends que ce n'est pas la matière qui importe, mais les habiletés que tu apprends à développer…

Il choisit divers documents et les met dans une pochette en plastique.

— Voici des comptes rendus d'un célèbre scandale qui a secoué la France, au siècle dernier. Je veux que tu me fasses un rapport de ce qui, selon toi, est vraiment arrivé. Il ne doit pas avoir plus de deux pages et, à la fin, tu dois mentionner la source de toute citation que tu auras utilisée. Compris?

— Je suppose.

— Bon. Viens me voir si tu as des problèmes. Sinon, tu me le remets la semaine prochaine à la même heure.

André n'a pas d'autre cours le matin. Alors qu'il quitte l'édifice, il voit Noémi se diriger vers sa résidence. Elle porte les mêmes vêtements que la veille et a l'air perdue.

— Ça va? lui demande-t-il.

— Ça va. Le médecin m'a donné des calmants. Elle regarde enfin André et ajoute: Qu'est-ce qui t'arrive? Tu n'as pas l'air en forme.

— J'ai mal dormi.

Inutile de parler de Forestier, maintenant que celui-ci a un alibi en béton.

— J'ai un cours de géographie dans quelques minutes, dit-elle, mais j'aimerais qu'on passe un peu de temps ensemble. Viens à la résidence après dîner.

— Ça me fera plaisir.

Elle lui fait un sourire vide, puis s'éloigne lentement. Lorsqu'elle a disparu, André se demande s'il devrait aller à la bibliothèque commencer son devoir d'histoire. Il décide plutôt de se promener le long de la rivière. C'est une journée magnifique. Marc est assis dans l'herbe avec de nouveaux élèves et prépare un jeu de ballons.

— Hé ! André, viens ici ! l'appelle le prof.

André s'approche et voit que chaque ballon porte un mot, une lettre ou une courte phrase.

— Je parie que tu connais bien la ponctuation, André, dit Marc.

Il n'y comprend rien, mais il hoche tout de même la tête.

— Peut-être que tu pourrais nous aider à jouer ? lui demande Marc en souriant.

Le jeu consiste à former des phrases en tenant des ballons. Les points sont accumulés à coup de signes de ponctuation et non d'après le nombre de mots utilisés. Marc partage ses élèves en deux équipes et nomme André capitaine de la deuxième. Heureusement, Tania l'incendiaire est dans l'équipe d'André. Le jeu est stupide, mais amusant. Le principal problème est d'empêcher les enfants de faire éclater les ballons.

Ensuite, comme André n'a aucune envie de rencontrer Forestier à la résidence, il se rend donc au manoir. Quelques cours ont lieu dans le vieil édifice. Par une porte ouverte, il voit son père, assis sur une table, faire la lecture d'une pièce de théâtre à une demi-douzaine d'élèves. Lorsqu'il l'aperçoit, Simon lui fait un signe de la main. André se sent un peu coupable en imaginant que Simon croit sans doute qu'il flâne. Il entre dans la bibliothèque, s'assied à une table et sort les documents d'histoire de la pochette. Il y est question d'un certain Alfred Dreyfus, officier de l'armée française.

— Hé, André !

C'est Tania. Elle porte un t-shirt jaune décoré de l'inscription « Jouet de garçon ».

— C'était un jeu super, hein ? lui dit-elle.

— Ton cours est déjà fini ?

— Non, mais je m'ennuyais. Je suis partie. On a droit de le faire, ici, pas vrai ?

— Je suppose.

André se met à lire pour montrer qu'il étudie.

— Tu sais, Tania, je ne crois pas qu'on peut parler à la bibliothèque.

— On peut faire ce qu'on veut à cette école. C'est ce que ma mère m'a dit. En tout cas, on est tout seuls ici.

André comprend qu'elle l'a suivi dès que le jeu a été terminé.

— C'est dommage pour la directrice, hein ? Tu sais ce que les filles racontent ?

— Non.

Elle se penche et chuchote confidentiellement :

— Elles disent qu'elle s'est suicidée à cause d'un homme. Il la trompait.

— Elle ne…

Il ne peut rien révéler et surtout pas à Tania, qui est manifestement une commère.

— Il paraît qu'elle fréquentait le beau prof de français, Marc Rodrigue.

— Tu veux rire ! s'écrie André, ne pouvant cacher sa stupéfaction. Il n'a pas vingt-cinq ans. Elle devait en avoir quarante.

Tania hausse les épaules.

— Ne me demande rien. Je suis nouvelle, mais l'école a toute une réputation de sexe. Les filles disent que Marc est resté ici cet été parce qu'il avait un nid d'amour à l'école. Puis sa petite amie, la psy, est revenue et lui a ordonné de cesser sa relation avec la directrice. Alors, c'est ce qu'il a fait.

André essaie de juger si ce qu'il apprend colle avec la discussion qu'il avait surprise entre Christine et Monique.

— Ton père vit avec les deux. Tu dois connaître les détails de cette histoire.

Tania se penche de façon à le toucher presque. Il sent l'odeur de son désodorisant.

— Je peux garder un secret, lui propose-t-elle.

— J'ai peur de n'en connaître aucun.

Il prend un document intitulé *J'accuse* d'Émile Zola et commence à le lire. Il entend Tania repousser sa chaise et s'en aller. Il ne peut pas lire les mots devant lui. Ça bourdonne dans sa tête. Il est certain maintenant que Forestier n'a pas tué Christine Daneau. Mais, si Tania a raison, une personne à l'école avait un motif de se débarrasser de la directrice, c'est celle qui versait des larmes de crocodile à l'assemblée du matin : Monique Hivon.

Chapitre 8

Après le dîner, ne sachant pas où se trouve la chambre de Noémi, André se rend au salon de la résidence des filles. Il y trouve un groupe de résidentes, parmi lesquelles Tania, en train de regarder la télé. Mais il se dirige plutôt vers deux filles en conversation près d'une fenêtre et demande :

— Je cherche Noémi Daneau. Vous pouvez me dire où est sa chambre ?

— Je pense que Noémi préfère rester seule. Lorsque ses amies ont essayé de la consoler, elle les a envoyées promener.

— Bien… elle m'attend.

La fille se lève et lui désigne une porte, à laquelle André va frapper.

— Entrez !

La chambre de Noémi est luxueuse.

— C'est une belle chambre, dit-il.

Noémi hausse les épaules. Elle est assise à son bureau, vêtue d'un kimono de soie.

— Je ne suis presque jamais à la maison, alors j'ai apporté mes affaires ici.

Elle se lève et dit :

— Va m'attendre au salon. Recevoir un garçon dans une tenue pareille, ça fait jaser.

Elle fait son premier vrai sourire depuis la mort de Christine. Il va s'asseoir au salon et regarde distraitement l'émission en cours. Noémi le rejoint ; elle porte des jeans et un t-shirt.

— Comment tu te sens ?

— Comme ci comme ça. Je ne cesse d'imaginer ce qui s'est passé. Je ne pourrai pas me reposer vraiment tant que je ne saurai pas comment Christine est morte.

— C'est de ça que je veux te parler.

Elle se rapproche de lui et baisse la voix pour demander :

— Les policiers t'ont appris quelque chose ?

— Non, mais je sais ce que j'ai vu : Christine a été tuée.

— Qui ferait une chose pareille ? dit Noémi en secouant la tête. Personne n'avait de raison de le faire.

André lui explique sa théorie selon laquelle Monique aurait tué Christine. Noémi rit.

— Marc et Monique ? Tu plaisantes ? J'étais ici pendant l'été, j'aurais remarqué quelque chose. La discussion que tu as entendue n'était qu'un autre échange d'idées sur l'éducation. Les enseignants adorent monter sur leurs grands chevaux à propos de principes pédagogiques. Tu as dû le remarquer.

Elle lui parle d'une voix condescendante.

— Tu as une meilleure théorie ? demande-t-il sarcastiquement.

— Peut-être. Tu ne cesses de parler du revolver disparu. Peut-être qu'il a été enlevé par celui qui a découvert le corps. Y as-tu pensé ?

— Mais j'étais là.

— Suppose que tu n'étais pas vraiment parmi les premiers à la trouver ? Suppose que Marchand y soit allé d'abord et qu'il ait pris le revolver avant de refermer la porte à clé.

— Pourquoi est-ce qu'il aurait fait ça ? demande André, confus.

— Pour qu'on ne sache pas que c'était un suicide. Certaines personnes ont de drôles de réactions face au suicide.

— Hier soir, tu m'as dit que tu étais sûre que Christine ne s'était pas suicidée, se souvient André.

— J'ai dit ça ? J'étais dans un état second à ce moment-là.

André réfléchit. Il est possible qu'un proche de Christine, Marc par exemple, ne veuille pas qu'on sache qu'elle s'est suicidée. L'hypothèse de Noémi rejoint celle de Tania, mais ce n'est pas complet.

— Si quelqu'un a enlevé le revolver, comment expliques-tu la porte fermée à clé ?

— J'y ai beaucoup réfléchi aujourd'hui. Cette histoire de porte fermée ne tient pas debout et encore moins ta théorie selon laquelle Monique l'a fait parce que Christine avait une aventure avec Marc.

— Ce n'est pas ma théorie, c'est… Oh ! aucune importance !

André essaie de se concentrer. C'est difficile, étant donné son manque de sommeil et la douleur qui afflige tout son corps.

— Suppose…

— Suppose que tu laisses les policiers faire leur travail ? Tu commences à me taper sur les nerfs, André.

— Excuse-moi.

Un groupe de filles bruyantes entrent et s'installent devant la télé. L'une d'entre elles change de chaîne pour capter Musique Plus. D'un coin du salon s'élève une voix familière.

— Hé ! je regardais ça, se plaint Tania. Remets-le à mon émission !

La fille se tourne vers elle et déclare :

— Tu ne connais pas ce règlement de l'école ? Chaque fois que Paul Nevers passe à la télé, il faut le regarder.

— Quel règlement ? Pourquoi ?

— Parce que Nevers a étudié ici ; voilà pourquoi.

Tania n'insiste pas. Le concert, une retransmission en provenance de Mexico, est déjà commencé. Paul Nevers est au milieu d'un solo de guitare. À la surprise d'André, Noémi regarde l'émission et lui fait signe de se taire lorsqu'il tente de reprendre leur conversation. Nevers joue surtout ses plus récents succès. Il est accompagné de nombreux musiciens. Quand il interprète les chansons de l'époque de Never Surrender qu'André aime, elles sonnent exactement comme les autres. C'est déprimant à écouter. André voudrait s'en aller, mais il ne veut pas abandonner Noémi. À la fin du concert, les musiciens quittent la scène ; il ne reste que le pianiste et Paul Nevers. Ce dernier attend que la foule se taise, puis il s'avance sous le faisceau d'un projecteur et déclare d'une voix émue :

— Je voudrais dédier la prochaine chanson à une amie qui est morte cette semaine. Voici pour toi, Christine Daneau.

Alors que le pianiste joue le début d'un air plaintif, le silence se fait dans le salon. Nevers commence à chanter une vieille chanson de Never Surrender. *En eau profonde* est un avertissement : parfois, lorsqu'on plonge trop profondément dans une passion, on finit par se noyer. André connaît les paroles par cœur, mais l'interprétation de Nevers leur donne une nouvelle résonance. André se demande comment le musicien a appris la mort de Christine, qui n'a pas encore été annoncée. Un bruit détourne soudain son attention : Noémi est partie.

Il se lève et la cherche. Elle n'est pas dans sa chambre. Il entend des pas dans le couloir. Il se tourne et voit Tania s'approcher de lui.

— Je n'aime pas ce concert, moi non plus. Je peux t'accompagner à la résidence des garçons ? On ne peut y aller que si on est invitée.

— Ce n'est pas là que je vais.

— Où est-ce que tu vas, alors ?

— Je ne sais pas.

Tania le suit à l'extérieur. Excédé, André lui dit sèchement :

— Arrête de me suivre ! Tu es vraiment collante !

— Et toi, tu es…

Il ne reste pas pour entendre le qualificatif. Parmi les arbres, sur l'autre rive, il vient de voir passer quelque chose de pâle, de la couleur du t-shirt de Noémi. Il court sur le pont étroit et traverse la rivière. Puis il charge à travers bois. Le feuillage des arbres réduit encore le peu de lumière provenant du ciel nuageux. André voit à peine son chemin. Il entend un bruissement à quelque distance. « Noémi ? »

Il vaut mieux ne pas l'appeler. Après tout, si elle avait voulu qu'il l'accompagne, elle le lui aurait demandé. La chanson de Nevers l'a peut-être bouleversée et elle veut être seule. Avançant précautionneusement en direction du bruit, il entend soudain le murmure de deux voix : l'une masculine et l'autre, féminine. Il s'arrête. Il les a reconnues et ne tient pas à être vu.

— Pourquoi me dis-tu tout ça ? demande impatiemment la femme.

— Parce que tu es responsable, et pas moi. Tu dois décider ce que tu fais maintenant.

— Et si je ne fais rien de plus ?

— Alors, je devrai tout raconter aux policiers.

Un hibou hulule près d'André qui ne peut pas

entendre toute la réponse de la femme, seulement la fin :

— ... demain soir. Rencontrons-nous ici à la même heure.

Entendant un pas lourd s'avancer vers lui, André se cache précipitamment derrière un arbre, juste à temps. Le vicomte Antoine Forestier passe près de lui un instant plus tard. André reste caché quelques instants de plus en attendant le passage de la femme. Mais elle ne vient pas.

André s'avance lentement et la voit. Elle est assise sur un arbre tombé, la tête dans les mains, ses cheveux ternes cachant son visage : c'est la femme qui a tué Christine Daneau.

Monique Hivon.

Chapitre 9

En retournant à sa résidence, André essaie de comprendre ce qu'il a entendu. Forestier a sans doute surpris un « secret » pendant qu'il se cachait à l'école. Maintenant, il fait chanter Monique au sujet du meurtre. C'est son genre. Pourquoi Forestier donnerait-il aux policiers une information dont il peut profiter ? Si André a bien compris, Monique ne semble pas prête à avouer. Que doit-il faire ? Il pourrait tout raconter à la police, mais Forestier niera, le ridiculisant de nouveau. Il pourrait en parler à son père. Il pourrait confronter Forestier lui-même.

Épuisé, souffrant et ne sachant que faire, André décide de rentrer se reposer un peu. De retour dans sa chambre, il se hisse péniblement vers la couchette du haut, mais s'arrête dans son élan : Noémi est endormie dans son lit. À la lueur de la lampe de chevet, son visage paraît si paisible qu'il ne se résout pas à la réveiller. Ainsi donc, Noémi ne l'a pas fui. Au contraire, bouleversée par la chanson, elle est venue attendre André dans sa chambre.

Charmé, il décide d'attendre qu'elle se réveille. Ils pourront alors décider que faire à propos de Monique et de Forestier. Lorsqu'il lui aura rapporté ce qu'il a entendu dans le bois, elle sera convaincue que la psychologue est responsable de la mort de sa tante.

Il s'étend sur la couchette du bas. Pendant quelques instants, il écoute la respiration régulière de Noémi. Puis il s'endort.

À son réveil, c'est le matin. Ça lui prend quelques secondes pour se rappeler où il est et pourquoi il dort sur le matelas inconfortable.

— Noémi ?

La couchette du haut est vide. Il regarde alentour. Sur son bureau, un message est écrit en rouge sur une feuille de papier. L'écriture de Noémi est ronde et tremblante comme celle d'une enfant.

André,

J'avais vraiment besoin de parler à quelqu'un, mais il semble qu'on ne pouvait pas être éveillés en même temps. Je te verrai à l'assemblée.

Bisou,
Noémi

On cogne à la porte et André souhaite que ce soit elle.

— Entre !

C'est Mathieu, le garçon maigre dont Monique souhaite qu'il devienne l'ami.

— Excuse-moi de te déranger, André, mais je n'ai pas pu te parler hier soir. Durant ce trimestre, on est tous les deux chargés du déjeuner le vendredi. Tu dois être à la cuisine dans dix minutes.

— D'accord. Merci, Mathieu.

La corvée du déjeuner n'est pas si terrible et André se sent mieux après avoir dormi dix heures. Les meurtrissures sur son corps commencent à s'effacer. Lorsqu'il entre dans la cuisine, Mathieu a déjà fait le café et met des tasses sur les tables. André charge le grille-pain géant.

— Pourquoi est-ce que tu viens à cette école ? demande-t-il à Mathieu.

— Mes parents pensent que ça me fera du bien de passer une année ici avant de retourner à l'université.

— À l'université ? Tu as quel âge ?

— Quinze ans. Ils ont accepté que je fasse mon doctorat, mais ils ne me permettent pas de commencer avant l'âge de seize ans.

— Ça veut dire que tu as déjà un diplôme ?

— J'ai un bac en biochimie. Ce que je veux vraiment, c'est faire une découverte importante en science médicale avant d'avoir dix-huit ans.

— Comment comptes-tu y parvenir ?

— Présentement, le travail le plus intéressant se fait en biologie moléculaire. Je vais étudier le comportement des gènes chez les patients souffrant de dystrophie musculaire... En passant, ceci devrait sans doute t'intéresser.

Il lui tend un exemplaire du journal local, dont la une est occupée par un article relatant la mort de Christine.

MORT DE LA DIRECTRICE DE L'ÉCOLE DU « SEXE LIBRE »

Le premier paragraphe décrit simplement les circonstances de la mort de Christine, mais le deuxième lui en apprend beaucoup.

Madame Daneau fut engagée à la direction de l'école, il y a deux ans, à la suite d'un scandale qui a été étalé dans les tabloïds. Selon les révélations d'une « taupe », les drogues, les grossesses et les maladies transmises sexuellement étaient monnaie courante aux Bouleaux. Plusieurs parents avaient alors retiré leurs enfants de l'école. Les commissaires exigèrent la démission du directeur et de certains enseignants.

En en prenant la direction, Christine Daneau, une ancienne élève du manoir aux Bouleaux, révisa la célèbre politique d'éducation sexuelle, engagea de nouveaux enseignants et haussa les standards académiques. Elle instaura aussi la séparation des filles et des garçons dans deux résidences différentes, mettant fin à l'image de « sexe libre » accolée à l'école.

Son adjoint, Philippe Marchand, affirme que Christine Daneau a réussi à rétablir la réputation du manoir aux Bouleaux après sa quasi-fermeture. « Sa mort est un drame », nous a-t-il dit. Durant un spectacle donné à Mexico, son ancien camarade, Paul Nevers, lui a dédié sa chanson En eau profonde.

— Étais-tu au courant de cette histoire de sexe libre ? demande André à Mathieu.

— Bien sûr, tout le monde en a entendu parler. C'est la première question qu'on pose aux anciens. Ils essaient toujours de découvrir qui a raconté ça aux médias il y a deux ans.

Les préparatifs du déjeuner sont presque terminés. Les autres résidents commencent à s'attabler pour manger. André et Mathieu ont juste à veiller à ce que le plat de rôties ne soit pas vide, ce qui est facile parce que le grille-pain géant peut griller dix-huit tranches de pain en même temps. André devine que Monique s'est arrangée pour qu'ils partagent la même corvée. Il ne lui en veut pas parce que Mathieu est un bon gars. Ce n'est pas sa faute s'il est un génie.

Lorsque l'heure du déjeuner est terminée, ils s'asseyent pour manger ensemble. À ce moment-là, Forestier entre.

— Il n'y a plus de rôties, se plaint-il. Qui est de service ?

Des doigts désignent André et Mathieu.

— Dorénavant, gardez-moi toujours trois rôties. Et faites-en-moi tout de suite.

Mathieu se lève pour les faire.

— Non, qu'il les fasse lui-même ! ordonne André.

— Ça ne me dérange pas.

Mathieu branche de nouveau le grille-pain géant. André est furieux que ce garçon qui vaut cent fois Forestier soit au service de cette brute.

— Laisse ça, Mathieu, dit-il. Je vais m'occuper de lui.

André va derrière le comptoir. Il ne reste que quatre tranches de pain dans le sac en plastique. Il les prend.

— Tu te sens mieux, aujourd'hui ? ricane Forestier.

Il les jette dans la poubelle en disant :

— Oh ! ciel, quel dommage ! Un accident est si vite arrivé.

C'est de l'enfantillage, mais il se sent mieux. Forestier le fusille du regard et dit :

— Tu as raison : un accident est si vite arrivé.

Il regarde autour de lui et ajoute :

— Et de nombreux témoins pourront raconter comment celui-ci s'est produit.

Forestier saisit le grille-pain par les poignées. Les éléments rougeoient. Il soulève l'appareil au-dessus de sa tête. Prisonnier derrière le comptoir, André ne peut que surveiller l'appareil brûlant qui s'abaisse vers lui.

— Dépose ça *immédiatement* !

Marc Rodrigue se précipite et vient se placer

entre André et Forestier. À contrecœur, ce dernier dépose le grille-pain sur le comptoir. Marc débranche l'appareil, puis se met à hurler :

— Va au bureau de Marchand ! Tout de suite !

Forestier quitte la pièce. Marc se tourne vers les sept garçons présents et leur dit :

— J'ai honte de vous. On vous enseigne à être responsables les uns des autres. Pourtant, aucun d'entre vous n'a essayé d'empêcher ce rustre d'attaquer André. Je me fiche de ce qui a provoqué ce geste. La violence n'est *jamais* justifiée. Vous avez compris ? *Jamais !*

Les garçons sortent, la tête basse. Marc se tourne vers André et Mathieu pour leur demander :

— Qu'est-il arrivé ?

Mathieu le lui dit. Marc secoue la tête.

— Il ne faut pas provoquer des types comme lui, dit-il à André. Tu ne peux pas gagner. Je connais au moins trois gars qui ont dû quitter le pensionnat à cause de lui. Le dernier, c'est Stéphane Crochetière. Sa mère a appelé hier pour expliquer pourquoi elle ne l'avait pas ramené. Elle a raconté qu'après avoir passé un an ici Stéphane a recommencé à mouiller son lit et a développé un tic facial. Elle n'a pas prononcé le nom de Forestier. Ce n'était pas nécessaire.

— Vous ne pouvez pas vous débarrasser de lui ?

Marc secoue la tête et explique :

— Il a été mis à la porte de cinq écoles avant d'être admis ici. Mais au manoir, il y a une tradition : personne n'est jamais renvoyé. Christine ne voulait pas changer ça. Seuls les élèves ont ce droit. Et Forestier est très populaire. C'est censé être sa dernière année.

— C'est ma seule année ici, se plaint André.

— C'est dur, dit Marc en mettant sa main sur l'épaule d'André. Puis il ajoute : Je suis venu vous dire que la première assemblée du conseil d'école a lieu dans vingt minutes. D'habitude, tous les élèves sont présents à cette première réunion, au cours de laquelle les règlements de l'école sont adoptés.

— Tu veux dire les lignes de conduite ?

— Non, je veux dire les règlements.

Chapitre 10

Dans la salle, l'atmosphère est calme. Les élèves les plus âgés sont assis à l'avant; les jeunes, à l'arrière, et les enseignants, sur un côté. André a pris place de l'autre côté, près de Mathieu.

Noémi arrive à l'instant même où commence la réunion. Une élève d'environ dix-sept ans se lève et déclare:

— Je m'appelle Winnifred. Si tout le monde est d'accord, je vais ouvrir la séance, comme Philippe Marchand me l'a demandé. Voici comment ça fonctionne: on passe en revue les lignes de conduite des années précédentes et on décide si on les garde ou non. Puis on discute des nouvelles qui sont proposées. Essayons d'en maintenir le moins possible. De plus, nous devons obéir à la loi: alors, pas de drogues, pas de beuverie au village, pas d'armes.

André, encore furieux de l'attaque récente, l'interrompt.

— Qu'est-ce qu'on fait si quelqu'un a une carabine? demande-t-il. Si, par exemple, je sais qu'un certain vicomte cache une carabine dans un trou au fond de sa garde-robe et qu'il s'en est servi pour tirer sur mon père et moi ?

Winnifred se tait. Philippe Marchand prend la parole :

— Ceci est une grave allégation. Si c'est plus qu'une hypothèse, il vaudrait mieux venir me voir tout à l'heure.

André a un rire amer, puis dit :

— Si personne ne va immédiatement chercher cette carabine, elle ne sera plus là dès qu'on quittera cette salle.

Une élève, Éloïse, se lève à l'avant et déclare :

— Et si on trouve une carabine, qui dit qu'elle n'a pas été placée là exprès. Voyons donc ! Ce n'est pas le moment d'exercer une vengeance personnelle.

André sait qu'il a amené le sujet aussi loin qu'il le pouvait. Il se tait.

— D'accord, reprend Winnifred, je propose que nous conservions les lignes de conduite suivantes : pas de bagarre en dehors du gymnase ; pas de soûlerie au village ; les élèves coupables de vols ou de brutalités reçoivent une sentence déterminée par leurs camarades ; défense de fumer en dehors des chambres et des sections fumeurs des salons.

Personne ne conteste. Ils passent donc aux nouvelles propositions. Un ancien propose que les corvées soient surtout assumées par les plus jeunes. Mais Tania proteste :

— Certains élèves nouvellement admis au

manoir sont plus âgés, comme moi et André, là-bas. Pourquoi serions-nous exemptés des corvées ?

La protestation de Tania lui mérite quelques applaudissements. Tous les regards se tournent vers André, l'embarrassant de nouveau. Winnifred conclut que l'absence de consensus ne permet pas de changer la répartition des tâches. Elle suggère de passer à la proposition suivante. Forestier se lève et déclare :

— Je voudrais qu'on interdise aux enseignants d'inscrire leurs enfants à cette école.

Il y a un silence étonné. Il poursuit :

— Je ne veux pas parler de cas particuliers, mais c'est arrivé quelques fois ces dernières années et je crois qu'il faut trancher dans le vif. Je sais que les enfants de plusieurs enseignants font leurs études ailleurs. Mais il y en a qui étudient ici, et cela crée une classe à part d'élèves qui sont trop proches du personnel enseignant à notre goût.

— Il me vise aussi, chuchote Noémi. Ne le laisse pas t'intimider. C'est un crétin.

Mais André entend des murmures d'approbation dans la salle.

— Ces élèves ont tendance à devenir des informateurs, continue Forestier. Laissez-moi vous donner un exemple personnel : j'ai une petite amie au village. Ce n'est pas un secret pour mes amis, mais mes parents l'ignorent. Alors, pour voir Jeannine pendant les vacances, j'ai raconté que je faisais le tour de la Gaspésie. En fait, je suis resté à l'école.

Il s'arrête, regarde du côté des enseignants et dit :

— L'école devient un endroit intéressant quand on se met à observer les gens alors qu'ils s'y croient seuls. En tout cas, je suis allé en Gaspésie à la fin de la semaine, croyant que tout irait bien. Mais quelqu'un m'a dénoncé à la police, qui en a informé mes parents, qui ont découvert l'existence de Jeannine et m'ont interdit de la revoir.

Forestier regarde André, qui retient son souffle. Devant lui, il voit que le visage de Noémi a blêmi. Forestier sourit et reprend d'un ton mesuré :

— Je n'ai pas de carabine. Mais, si j'en avais une, j'aurais envie de m'en servir pour me débarrasser de celui qui m'a mis dans cette situation.

Il y a un éclat de rire dans la salle et il conclut :

— De toute façon, si on adopte cette ligne de conduite, ce ne sera pas nécessaire.

On l'applaudit et certains élèves prennent même la parole pour approuver ce que vient de proposer Forestier. André se lève. Noémi le force à se rasseoir en lui disant :

— Ne parle pas toi-même, tu perdras. Attends de voir si personne ne prend ta défense.

C'est un bon conseil. Éloïse se lève à nouveau pour s'en prendre à Forestier cette fois.

— C'est encore une attaque personnelle, dit-elle. Pourquoi est-ce qu'André Laniel et toi n'allez pas en discuter avec Mo ? Vous nous faites perdre notre temps.

— D'abord, vous voulez faire de la discrimination en raison de l'âge, intervient aussi Tania ; maintenant, c'est : « Qui sont vos parents ? » Et ensuite ? Pas d'enfants de criminels parce qu'ils pourraient être des voleurs ? Ou pas de fils de comte parce que leur richesse provient de l'exploitation des pauvres gens ?

Mathieu et quelques nouveaux élèves applaudissent ces paroles. Tous les autres restent silencieux. Après un moment, Winnifred demande :

— Quelqu'un d'autre a quelque chose à ajouter ?

— Les enseignants ne disent rien ? chuchote André.

— Ils ne peuvent parler que pour donner de l'information, répond Noémi.

— Alors, il vaut mieux que j'intervienne.

— Non. Tu as perdu avant même d'ouvrir la bouche.

— Je crois qu'à peu près tout le monde est d'accord, conclut Winnifred. Pas d'enfant d'enseignant !

— C'est décidé ? demande André d'une voix forte. C'est ça, le débat ?

— Tu avais l'occasion de parler, lui dit fermement Winnifred. Il y a un consensus clair sur la question. La nouvelle ligne de conduite est acceptée.

André est perplexe. Philippe Marchand prend la parole :

— Bien entendu, la ligne de conduite n'est pas rétroactive. Elle ne s'appliquera qu'aux prochaines demandes d'admission.

— Ce n'est pas ce que je proposais ! hurle Forestier.

Mais c'est trop tard. Winnifred lève l'assemblée.

À l'extérieur, André cherche en vain Tania pour la remercier de son intervention. Simon s'approche de lui et dit :

— Tu as beaucoup à apprendre sur la politique.

— La carabine est encore ici, je le sais.

— Oui, mais toi, tu ne le serais plus si ce n'était de la présence d'esprit de Philippe. Ce sont de bons enfants. Comment t'y es-tu pris pour te faire autant d'ennemis ?

— J'aimerais le savoir, répond André en haussant les épaules. Écoute, il faut que je te parle d'autre chose.

— Ça devra attendre. Je dois aller donner un cours, à ton ami Forestier, entre autres.

Il fait un sourire désabusé à son fils et ajoute :

— Il ne doit pas être si terrible. Ses camarades l'aiment, c'est évident. Certains enseignants aussi. Et l'histoire à propos de la petite amie est vraie, selon Mo. Il a raison de se sentir blessé.

André ne se donne pas la peine de répliquer, mais répète :

— Je dois te voir seul à seul, avant cette nuit.

— Après le souper, alors. Je mangerai à la résidence des garçons.

André ne sait que penser de Monique. Si Forestier la fait chanter au sujet du meurtre de Christine, c'est évident qu'elle cautionne son histoire de petite amie. Mais peut-être que c'est vrai. Quelle autre raison Forestier aurait-il de rester à l'école pendant les vacances ? André décide d'en discuter avec Noémi.

Elle étudie dans sa chambre. André lorgne les feuilles de papier posées sur le bureau, par terre, sur le lit. Cette chambre est encore plus en désordre que la sienne.

André lui raconte ce qu'il a entendu la veille dans le bois. Noémi l'écoute très attentivement, puis demande :

— Ainsi donc, c'est vrai que Forestier était ici pendant les vacances ?

— Oui. Mais je ne suis pas sûr de croire cette histoire de petite amie.

— Oh ! bien sûr qu'il a une petite amie ! La moitié de l'école l'a vu avec Jeannine. Elle est barmaid à Saint-Jacques.

— Il me semble qu'une ligne de conduite dit : pas de soûlerie au village ?

— Ça ne s'applique pas à un vicomte.

— Alors, qu'est-ce qu'on fait ? Me crois-tu maintenant quand je te dis que Mo a tué Christine ?

— Je ne vois pas Mo en meurtrière. Mais, en fait, je ne vois pas qui d'autre aurait pu avoir un mobile…

— Qu'est-ce qu'on fait ?

Noémi lui jette un regard glacé et dit :

— On ? C'est ma tante qui est morte, pas la tienne. Et tu t'es assez mis les pieds dans les plats en ce qui concerne Forestier. Il vaut mieux que je prenne l'affaire en main.

— Que vas-tu faire ?

Noémi fouille dans un tiroir de son bureau et en sort un petit magnétophone.

— Je vais enregistrer la conversation de Mo et Forestier quand ils se rencontreront dans le bois cette nuit, dit-elle. Avec un peu de chance, j'en apprendrai assez pour me débarrasser des deux en même temps.

— Ça ne me plaît pas que tu y ailles seule. C'est dangereux.

— Que dirait ta petite amie Tania ? Tu réagis en sexiste. Tu les as surveillés hier soir. Ce soir, c'est mon tour. Ça ne fait aucune différence.

— Au moins, laisse-moi t'accompagner.

— Pour qu'on ait deux fois plus de chances d'être repérés ? Non, André ! Je serai prudente et je te promets de tout te raconter dès que je rentrerai.

— D'accord.

Noémi l'embrasse sur le front.

— Fais attention à toi, lui dit André.

À l'extérieur, des élèves sortent de leur premier cours de la journée. André croise Forestier et plusieurs de ses hommes de main.

— Qui es-tu allé voir ? demande Forestier. Noémi Daneau ? Vaut mieux t'en méfier !

Après cette provocation, la brute poursuit sa route ; ses acolytes le suivent en riant aux éclats. André serre les poings, mais leur tourne le dos et se dirige vers l'édifice d'enseignement. « Je ne peux pas la laisser aller seule dans le bois », se dit-il, sentant encore sur son front la douceur du premier baiser de Noémi.

Chapitre 11

Il aperçoit Tania qui s'avance seule vers l'édifice. Il devine que d'avoir pris sa défense à l'assemblée ne lui a pas fait gagner beaucoup d'amis. Il la rejoint et lui dit:

— Je veux te remercier pour ce que tu as dit à la réunion. Je suis désolé de t'avoir parlé sur ce ton hier soir. Je pensais à autre chose.

— Oui, je sais, à Noémi Daneau. Tu sais comment tu pourrais te faire pardonner? Viens avec moi à ma leçon de théâtre.

— Je déteste le théâtre.

— Ce n'est pas du théâtre, c'est une autre leçon sur la ponctuation.

Le théâtre est un petit édifice en pierre qui abritait la chapelle, autrefois. Les portes sont ouvertes.

— André, sois le bienvenu! lui dit Marc en l'accueillant.

Après avoir aidé Marc dans une autre de ses leçons de ponctuation, André quitte le théâtre. Il est déjà en retard pour son cours d'anglais, donné par

Sylvia Drake. L'enseignante habite en dehors de l'école. André ne l'a pas encore rencontrée. Lorsqu'il entre dans la salle de classe, elle ne lui prête aucune attention, continuant la conversation commencée avec Mathieu. L'un des autres élèves présents à qui André demande ce qu'ils doivent faire lui répond qu'il ne sait pas. Sylvia Drake ne lui montre toujours aucun signe d'intérêt. André quitte la salle. Il déteste les cours de langues de toute façon.

Le dîner est un buffet. André mange seul, puis se rend à la bibliothèque pour travailler sur l'affaire Dreyfus. Cet officier fut accusé de trahison et déporté à l'île du Diable. André s'intéresse tellement au cas qu'il laisse passer l'heure de sa leçon particulière de physique.

Au souper, Simon laisse voir son mécontentement qu'il ait manqué une leçon particulière.

— J'irai m'excuser au prof, promet André. Mais il faut que je te parle.

— On se parle, non ?

— En privé.

— Viens me voir à la résidence. Il n'y aura que Mo, et justement tu as rendez-vous avec elle.

— Quoi ?

— Elle interviewe tous les nouveaux.

— Mais c'est d'elle dont je veux te parler.

— Oh ! bon ! Viens avec moi.

Ils vont dans le théâtre. André parle de la leçon de ponctuation, puis demande :

— Marc et Mo, comment sont-ils ensemble ?

— Qu'est-ce que tu veux dire ?

— Sont-ils... tu sais... ensemble ?

— Tu veux dire des amants ? Pas du tout. Mo a un amoureux à Sherbrooke. Elle va le voir souvent. Qu'est-ce qui te met des idées pareilles en tête ? As-tu lu les articles au sujet de la prétendue « école du sexe libre ».

— Oui, pourquoi ne m'avais-tu rien dit ? Qu'est-ce qui s'est passé, au juste ?

— D'après ce que Christine m'a appris, il y a deux ans et demi, quelqu'un a raconté des tas d'histoires sur l'école. La presse à scandale s'est emparée de l'affaire. Mais la seule part de vérité était un peu de laisser-aller de la part du personnel et un programme d'éducation sexuelle auquel, en passant, je souscris entièrement. Des élèves et des enseignants ont quitté l'école. Les commissaires ont engagé Christine pour remplacer le directeur, forcé de démissionner.

— Qui reste-t-il de cette époque-là ?

— Seulement deux personnes, je crois : Philippe et Mo.

André lui parle du rendez-vous dans le bois et de la dispute entre Christine et Monique, le soir de leur arrivée.

— On dirait que c'est un jeu, pour toi, dit Simon d'une voix angoissée. Je ne sais pas comment ni pourquoi Christine est morte, toi non plus. La police prend les empreintes digitales de tout le monde. Les journalistes cherchent à entrer dans la propriété depuis que ce foutu chanteur a annoncé la mort de Christine à la télé. Et maintenant, tu accuses la psychologue de l'école d'avoir tué Christine, dans une crise de jalousie. C'est absurde !

— Je ne trouve pas.

— Moi, si ! déclare Simon d'une voix coupante. Mais faisons ceci : va rencontrer Mo ; elle pourrait difficilement aller à son rendez-vous en forêt si elle est avec toi, n'est-ce pas ? Je vais retourner à la résidence des garçons pour garder un œil sur Forestier. S'il va dans le bois, je le suivrai. Ça te va ?

— Je suppose.

— Et sois aimable avec Mo.

— Si tu le demandes.

À contrecœur, André quitte le théâtre et se dirige vers la résidence des enseignants.

Mo accueille André avec un sourire anxieux.

— André ! Je n'étais pas certaine que tu pourrais venir. Tu as eu une dure journée ?

— Pas tellement.

— J'appellerais ça une dure journée si j'étais à ta place et que j'avais été malmenée comme tu l'as été à l'assemblée ce matin. Qu'est-ce qu'Antoine a contre toi ?

André déteste que les enseignants lui posent des questions personnelles. Il reste silencieux.

— Forestier a ses propres problèmes, reprend Mo. Mais il fait plus de bruit que de mal.

— J'ai déjà senti le mal qu'il peut faire, merci beaucoup.

Elle lui fait un sourire qui est probablement censé exprimer sa compassion.

— Marc m'a raconté l'incident de ce matin, dit-elle. Je doute qu'Antoine t'aurait vraiment frappé avec le grille-pain.

— Ce n'est pas de ça que je parlais.

— Oh ! fait Monique en lui adressant un autre sourire de sympathie.

André comprend la méthode : elle reste silencieuse dans l'espoir qu'il lui fasse des confidences. Bien, ça ne fonctionnera pas avec lui. Après un moment, elle lui demande :

— Pourquoi es-tu venu à cette école, André ?

— Je ne sais pas.

Nouveau silence.

— Tu sais, reprend-elle d'un ton exaspéré, tu agis comme si ton dégoût de l'école était quelque chose de spécial. Sache qu'un élève sur quatre déteste l'école. Un sur trois provient de ce qu'on appelle un « foyer brisé ». Ce n'est pas *spécial* non plus. Ce qui l'est, c'est l'amertume qui bouillonne en toi... Est-ce en rapport avec ton père ?... Ce n'est pas inhabituel de détester son père.

— Je ne le connais pas assez pour le détester.

— Voyons donc ! On ne peut détester que ceux qu'on ne connaît pas bien. Et tu as des raisons de détester ton père que tu n'as presque pas vu depuis l'âge de trois ans.

— Comment sais-tu ça ?

— Les profs se parlent d'autre chose que d'éducation, tu sais. Simon est un brave homme. Mais il se sent coupable de t'avoir négligé. Il ne sait pas comment te parler. Il craint que le fait qu'il est enseignant soit en partie responsable de ton désintérêt face à l'école.

— Il a peut-être raison, marmonne André.

Monique regarde sa montre et reprend distraitement :

— Oui, ça se pourrait... Écoute, André, je ne pensais pas que notre conversation durerait aussi longtemps. Je dois rencontrer un autre élève dans quelques minutes. Si on se revoyait la semaine prochaine ?

— Ouais.

Ils se serrent la main et André quitte la résidence des enseignants. Il s'en éloigne lentement, cherchant un endroit d'où guetter le départ de Monique pour son rendez-vous avec Forestier. Il croise Marc dans le sentier.

— André, as-tu vu Noémi ? Je voudrais savoir comment elle va.

— Elle n'est pas trop mal.

— C'est bien, dit Marc en soupirant. J'ai appris la nouvelle à son père. Noémi ne l'a pas appelé encore et il s'inquiète beaucoup à son sujet. Elle t'a parlé de son père ?

— Pas vraiment. Seulement de sa mère, qui est morte quand elle était jeune.

— Elle t'a dit comment sa mère est morte ?

— Euh... non.

— C'est difficile pour Noémi de parler de ça. Sa mère s'est suicidée. Elle s'est tiré une balle dans la tête, il y a dix ans. Christine m'en avait parlé avant sa mort. Elle aimait Noémi comme sa fille. Alors, tu vois, c'est comme si Noémi avait perdu deux mères. C'est un moment très pénible pour elle.

André ne trouve rien à dire. Marc lui souhaite bonne nuit et entre dans la résidence. Monique en sort quelques minutes plus tard. Caché derrière un arbre, André la voit se diriger vers la rivière et non vers le pont comme il s'y attendait. Noémi ne la verra pas arriver. André doit la suivre.

Le manteau clair de Monique est facile à suivre, tandis que les jeans et le t-shirt noirs d'André le camouflent parfaitement. Mais où va-t-elle ? Elle semble flotter au-dessus de la rivière, puis aborde sur l'autre rive. Ensuite, elle disparaît dans le bois. Il s'avance prudemment jusqu'à l'endroit où elle a traversé l'eau et y découvre un pont métallique invisible depuis le sentier. De l'autre côté, il essaie d'entendre les voix de Monique et de Forestier. Il est inquiet : en arrivant d'une direction imprévue, Monique pourrait surprendre Noémi.

En avant de lui, il entend un bruissement dans le feuillage, puis la voix de Monique qui s'exclame :

— Toi !

Et il y a un coup de feu.

André se fige. Les animaux effrayés emplissent

le bois d'une grande agitation. Puis il y a un deuxième coup de feu, suivi d'un long gémissement et d'autres cris de panique des bêtes. Terrifié, André entend un bruit de pas, dont il ne peut dire s'ils s'approchent ou s'éloignent de lui. Il se presse contre le tronc d'un bouleau.

Un troisième coup de feu ! Cette fois, le bois reste silencieux. Puis un cri retentit.

— Noémi ! y répond André.

Il s'élance à son secours. Noémi est dans la clairière où Monique et Forestier se sont rencontrés la veille. Elle tremble violemment. André la serre contre lui en demandant :

— Que s'est-il passé ? Dis-moi ce qui s'est passé.

— Je crois qu'ils sont morts tous les deux.

Deux corps sont étendus sur l'herbe. Ceux de Monique Hivon et du vicomte Antoine Forestier.

— Qui a fait ça ? demande André.

— Je n'ai pas vu. J'étais trop loin. Mais je crois qu'il est parti par là.

Elle pointe du doigt le sentier allant dans la direction de l'école.

— Il est trop tard pour le rattraper, maintenant, dit André.

Elle réussit à peine à articuler :

— J'ai entendu un bruit. Je crois qu'il est tombé.

André se précipite dans la direction indiquée. Le bois est sombre, mais il n'a pas besoin de chercher. Un corps est étendu au bord de la clairière. André n'a aucune difficulté à reconnaître l'homme écroulé, près duquel luit une carabine.

C'est son père.

Chapitre 12

Noémi rejoint André.

— Lui ! s'exclame-t-elle. C'était lui ! Tu le savais ! J'avais confiance en toi...

Sanglotant, elle commence à frapper la poitrine d'André de ses poings serrés. Il se sent coupable, non pas que son père soit un meurtrier, mais d'avoir lui-même parlé du rendez-vous à Simon. Il a causé la mort de deux innocents.

— Pourquoi ? demande-t-il à Noémi. Je ne comprends pas pourquoi il a fait ça !

— Menteur ! lui crie Noémi. Je ne crois plus rien de ce que tu dis. Tu disais que tu ne viendrais pas ici ce soir, et tu es venu. Tu devais savoir quel genre d'homme est ton père. Tu m'as menti !

— Je ne...

Elle a raison de le blâmer. Ils restent face à face tandis que les larmes roulent sur les joues de Noémi. Puis elle s'en va. André devine qu'elle veut appeler la police. Sur le sol près de lui, son père commence à gémir faiblement. André se retient de lui donner un coup de pied. Il se contente de s'éloigner.

Le corps de Forestier est affalé près d'une souche. Il était sans doute assis dessus en attendant Monique. Il a dû entendre Simon tirer sur la psychologue. Il s'est levé et la balle lui a traversé le crâne. Monique Hivon est étendue à environ trois mètres de lui. Elle a été touchée à la poitrine. La tache sombre qui macule l'avant de son manteau s'élargit encore. André croit voir frémir une des paupières de Monique. Il saisit son poignet et sent le pouls battre faiblement sous son pouce. Au loin retentit une sirène. Il bondit sur ses pieds et s'élance vers l'école, le cœur battant. Au bout du chemin, André aperçoit les ambulanciers descendre de leur véhicule et il leur crie :

— Venez vite ! Il y en a une de vivante !

Tandis que les élèves sortent des résidences, André guide les ambulanciers vers la clairière. Simon Laniel est assis par terre, la tête dans les mains. Il demande :

— Qu'est-ce qui se passe ?

André ne se donne pas la peine de lui répondre. Il fait signe aux ambulanciers de le suivre en leur disant :

— Elle est là. J'ai senti un faible pouls.

Monique est déposée délicatement sur une civière. Tandis qu'ils passent près de lui en portant la femme sans connaissance, Simon se lève maladroitement. Deux policiers s'avancent dans le sentier.

— Il y a une carabine par terre, près de lui, leur dit André.

— André !

Simon semble voir son fils pour la première fois.

— Que s'est-il passé ? demande-t-il.

André se détourne de lui. Un policier ramasse la carabine à l'aide d'une branche et la met dans un sac. L'autre s'adresse à Simon :

— Vous avez le droit de garder le silence. Tout ce que vous direz pourra être retenu contre vous…

André les regarde menotter son père et l'emmener.

De retour près des résidences, André voit Marchand y faire rentrer les derniers élèves avec l'aide de Marc. Il demande à celui-ci :

— Où est Noémi ?

— Avec la détective Cartier.

— C'est elle qui a appelé la police, alors ?

— Je le crois, répond Marc d'un air tout à la fois préoccupé et furieux. Maintenant, pourrais-tu m'expliquer ce que vous faisiez dans le bois ?

André lui relate la conversation surprise la veille.

— Il semble que j'ai mal interprété ce qu'ils disaient.

— Et tu as rapporté leurs propos à ton père ?

— Oui.

— Et il a compris que la partie était perdue s'il ne les tuait pas tous les deux ?

— Je suppose, oui.

— Au moins, tu ne lui as pas dit que Noémi y allait. Sinon, elle serait morte aussi.

Les policiers viennent chercher André. Monique a été transportée à l'hôpital. Son état est critique. Noémi a reçu un tranquillisant.

— Elle est en état de choc, lui explique la détective Cartier. On n'a pas pu obtenir d'elle beaucoup de renseignements. Lorsque tu te sentiras prêt, raconte-moi les événements de ce soir avec le plus de détails dont tu peux te rappeler.

André fait ce qui lui est demandé. La détective le questionne sur le nombre de coups de feu qu'il a entendus et le délai entre chacun, puis lui dit :

— Tu seras encore interrogé demain. Tu songes peut-être à quitter cet endroit.

— Je n'ai pas vraiment…

— Ne fais pas ça. Pas avant que je te dise qu'on n'a plus besoin de toi. Tu es notre principal témoin. Je ne sais pas si on pourra compter sur la fille. On sait ce que tu ressens pour ton père, mais ne pars pas d'ici. Compris ?

André comprend qu'il ne peut pas s'en aller, mais c'est tout le reste qui le déroute. Il retourne dans sa chambre et s'étend sur la couchette du haut. Il devrait appeler sa mère ; il ne lui a pas parlé depuis son arrivée. Il a essayé de ne pas penser à elle. Sans doute qu'il devra retourner chez elle. Pourquoi resterait-il ici après ce qui s'est passé ? Noémi le déteste, ainsi que tous les autres. Il ne veut plus rien savoir de son père. Pourtant, une question ne cesse de tourbillonner dans sa tête : pourquoi ? Simon a probablement tiré sur Monique et Forestier pour se protéger mais, en premier lieu, pourquoi a-t-il tué Christine ?

C'est heureux qu'il ne puisse pas s'endormir. Autrement, il n'aurait pas entendu les garçons chuchoter dans le couloir à cinq heures du matin. Aussitôt, il descend de la couchette et place les oreillers sous les draps. Derrière sa porte, ça discute ferme :

— On lui fait peur seulement ?

— Peur ? Il va saigner !

André entre dans sa garde-robe. Il n'a pas envie de recevoir une autre raclée. La porte de sa chambre s'ouvre. Par la fente entre le chambranle et la porte de sa garde-robe, il voit entrer trois garçons. Le canon d'une carabine luit.

— Réveille-toi, Laniel ! crie une jeune voix. Voilà pour Forestier !

Il tire deux fois dans le drap ; puis tous s'enfuient.

André sort de la garde-robe et examine les oreillers. Il aurait été gravement blessé. Ce n'étaient pas des hommes de main de Forestier, mais de jeunes élèves. Et il leur a dit lui-même où trouver la carabine. Il s'habille et sort dans la nuit froide.

Les voitures de police ne sont plus là. Une seule fenêtre est éclairée au manoir, celle du bureau de Marchand. Il y a aussi de la lumière à une fenêtre de la résidence des enseignants : Marc veille. André se dirige dans cette direction, mais une voix l'interpelle :

— Hé ! mon gars !

C'est un homme en jeans et blouson de cuir.

— Aimerais-tu gagner de l'argent facilement ?

Il tend à André sa carte de journaliste et demande :

— Qui s'est fait tirer dessus, hier soir ?

— Il vaudrait mieux interroger le directeur, monsieur Marchand.

— Allez ! Je dois écrire un papier pour dix heures. Tout ce que je te demande, c'est de confirmer certains détails. Il y aura cinquante dollars pour toi.

André s'écarte de lui. L'homme sort de ses poches plusieurs billets de banque.

— Réponds juste par « oui » ou « non ».

— Non.

— Est-ce que le mort est le fils du comte Forestier ?... Avait-il une aventure avec l'enseignante qui a été blessée ?

— Elle n'était pas enseignante, mais psychologue.

Le journaliste hoche la tête et écrit dans un calepin.

— Sais-tu depuis combien de temps il couchait avec elle ?

— Il ne...

— L'homme qui a été arrêté, Simon Laniel, il avait aussi une aventure avec la psychologue ?

— Il est ici seulement depuis cinq jours ! réplique André, irrité.

— Mais ils vivaient ensemble, hein ?

— Non ! Elle vivait dans la même résidence que mon père, c'est tout !

Le journaliste sourit.

— Ton père, dis-tu…

Une voix forte l'interrompt :

— Qui êtes-vous ?

— Noël Angrignon, journaliste. Vous êtes monsieur Marchand ?

— Oui. Et vous êtes sur le territoire de mon école sans permission. Partez !

— Il vaudrait mieux que vous me parliez. Juste quelques mots…

— Pas de commentaires, déclare Marchand en secouant fermement la tête. J'émettrai un communiqué demain.

— Si vous pouviez au moins confirmer…

— Allez-vous-en !

Le journaliste regarde par-dessus l'épaule d'André en disant :

— Christophe ! Viens ici !

André et Marchand se retournent. Un flash les éblouit. Le photographe sourit. Noël Angrignon tape dans le dos d'André.

— Le directeur avec le fils de l'assassin : la photo idéale ! Merci, les gars !

Marchand pousse un grognement.

Tandis que les deux hommes s'éloignent au pas de course, Marchand se tourne vers André, qui lui explique :

— Je suis désolé. Ils viennent d'arriver. Je ne pouvais pas dormir. On a essayé de me…

— Imbécile ! Stupide crétin ! lui crie le directeur. Toi et ton père avez ruiné la réputation de l'école, le sais-tu ? Vous l'avez détruite ! Juste comme on pensait qu'on s'en était sortis !… Comment as-tu pu parler à cette racaille ? Je ne veux plus te voir ! Va-t'en ! Sors d'ici !

André se détourne et s'éloigne dans la nuit. Il aimerait se rouler en boule et dormir très, très longtemps. Mais où ?

Chapitre 13

André se réveille à midi. Il a dormi sous la scène du théâtre, enveloppé dans de vieilles couvertures malodorantes. Sans pouvoir se laver, il sort pour se rendre au manoir. Il devine à quel point il doit être impopulaire aujourd'hui, mais il n'a pas d'autre endroit où aller. Les élèves qu'il rencontre détournent la tête ou lui lancent des injures. André se sent mal. Il est devenu un paria.

En approchant du manoir, il voit qu'un barrage policier bloque le chemin. Mais les policiers laissent passer la vieille voiture de Marc. Celui-ci salue André et lui dit :

— On dirait que tu as passé la nuit dans une grange.

— C'est à peu près ça.

Marc met son bras autour des épaules d'André.

— Tu n'es pas très populaire depuis hier soir. As-tu appelé ta mère ?

— Je viens de me réveiller.

— Fais-le avant qu'elle lise les journaux. Tu

ferais mieux de les lire toi aussi. Marchand m'a envoyé les chercher en ville.

Il tend les journaux à André, qui en lit les gros titres : L'ÉCOLE DE LA HONTE !, BIZARRE TRIANGLE AMOUREUX !, UN ENSEIGNANT TUE UN ÉLÈVE ET LEUR MAÎTRESSE !, À MORT, LE PROF ! Les articles sont illustrés de photos du comte Forestier et de sa famille, ainsi que de celle où l'on voit Marchand et André, l'air hagard.

— Ils racontent tous la même histoire, lui dit Marc.

André lit le « reportage exclusif de Noël Angrignon » :

> *Un mystère entoure les circonstances exactes de la tuerie d'hier soir. La police refuse de dire si l'homme arrêté, Simon Laniel, 39 ans, est aussi accusé du meurtre de la directrice Christine Daneau, assassinée dans son bureau quatre jours plus tôt. Peut-on établir un lien entre ces événements et un précédent scandale lié au sexe ?*
>
> *Le directeur suppléant, Philippe Marchand, refuse de commenter l'affaire, mais le fils de l'homme arrêté, André, qui étudie aux Bouleaux, m'a parlé en détail...*

— En détail ? Je lui ai à peine dit deux mots !

— J'ai peur que ça ne soit pire ensuite.

> *Je blâme l'école du manoir aux Bouleaux*

pour ce drame, m'a dit André. Mon père ne pouvait se faire à l'ambiance d'« amour libre » qui règne ici. C'est un homme jaloux. Bien qu'il ne soit arrivé que depuis cinq jours, il était passionnément amoureux de Monique Hivon. Quand il a appris qu'elle voyait aussi le vicomte Forestier, il a perdu la tête, surtout qu'Antoine n'avait que seize ans. Je pense qu'il a suivi le couple dans le bois et qu'il a tiré sur eux pendant qu'ils faisaient l'amour.

— C'est totalement merdique ! Qu'est-ce que je peux faire ?

— Quelqu'un était avec toi ?

— Non, Marchand est arrivé plus tard, mais…

— Alors, c'est ta parole contre celles d'Angrignon et du photographe. Je crains que ce ne soit leur méthode habituelle : ils inventent une histoire. Il faut que j'apporte ces journaux à Philippe. Je resterais hors de son chemin, si j'étais toi.

— Le problème, c'est qu'il me faut un endroit pour dormir, dit André en soupirant. Je ne peux pas retourner à la résidence. Trois jeunes ont essayé de me blesser avec la carabine de Forestier, la nuit dernière.

— Tu sais quoi ? lui dit Marc après un moment de réflexion. Quand la police aura terminé l'inspection de notre résidence, installe-toi dans la chambre de Simon. Je ne vois pas qui pourrait s'objecter à ça.

— Merci. Tu es un véritable ami !

* * *

André va à sa résidence qui, heureusement, est à peu près vide. Il ouvre la porte de sa chambre : c'est un fouillis total. Il semble que les vandales n'ont épargné que le matériel scolaire sur son bureau.

André fouille rapidement dans ses affaires, avant que des élèves arrivent et causent d'autres problèmes. Rien n'a été volé. Son portefeuille et sa monnaie sont dans le tiroir où il les avait mis. Il réussit à trouver un t-shirt, un chandail et deux caleçons intacts. Il les met dans son sac de sport avec son devoir d'histoire et des écouteurs qu'ils ont oublié de briser.

Il y a un téléphone dans l'entrée du manoir. André compose le numéro du supermarché où travaille sa mère. Le gérant adjoint répond :

— Ta mère n'est pas ici, André. Elle est en vacances. Je crois qu'elle est partie en Espagne avec son copain.

André raccroche. Il avait oublié qu'elle était en vacances. Le voilà prisonnier au manoir pour encore dix jours au moins.

— Ah ! André !

Marchand descend l'escalier, venant sans doute de son bureau. Il ajoute :

— La détective veut te voir. Elle est dans l'ancien bureau de Christine.

Lorsqu'ils se croisent dans l'escalier, Marchand lui fait signe de s'arrêter et dit :

— Marc m'a appris que tu as vu les journaux.

— Oui.

— Je passe à la télé dans une demi-heure pour expliquer que cet article est de la pure fiction. Promets-moi de ne rien dire qui me contredise.

— Je ne dirai rien du tout à personne.

— Le comte Forestier est en route pour le manoir. Il voudra te parler.

— O.K.

— Essaie d'éviter de lui raconter les bobards que tu as dits au sujet de son fils. Ça ne sert à rien de dire du mal des morts.

Marchand ne demande pas à André comment il se sent. Il se préoccupe uniquement du scandale possible. André n'est pas triste que Forestier soit mort, mais il est désolé de la façon dont c'est arrivé et d'y avoir sa part de responsabilité.

La détective fait signe à André de s'asseoir, puis elle dit:

— André, tu dois savoir que ton père a été formellement accusé du meurtre de Christine Daneau et d'Antoine Forestier, ainsi que de la tentative d'assassinat sur la personne de Monique Hivon. Cette dernière accusation en deviendra une de meurtre si la victime ne survit pas.

— Pourquoi l'avez-vous accusé du meurtre de la directrice?

— Des examens ont prouvé que l'arme ayant servi la nuit dernière est la même que celle utilisée contre Christine Daneau.

— Oh !

— Savais-tu que ton père possédait une arme pour laquelle il n'avait pas de permis ?

— Non.

— Nous avons découvert qu'il s'agissait de l'un des deux revolvers achetés, il y a deux ans, à San Francisco. Il est évident que l'acheteur avait utilisé un nom d'emprunt. Ton père est-il allé aux États-Unis à cette époque-là ?

André se rappelle avoir reçu une carte postale et une casquette de baseball, trop petite.

— Oui.

— Nous présumons que ton père a déjoué le détecteur de métal à l'aéroport et a rapporté les revolvers ici. Nous n'avons pas réussi à localiser l'autre arme. As-tu une idée de l'endroit où elle pourrait être ?

— Pas la moindre.

— Nous croyons que ton père a tiré sur ces deux personnes, hier soir, pour les réduire au silence. Voici notre théorie : le vicomte Forestier, lorsqu'il se cachait à l'école avant la rentrée, a vu ou entendu quelque chose qui l'a amené à soupçonner ton père du meurtre de Christine Daneau. Forestier se serait confié à Monique Hivon, puisqu'elle est la psychologue de l'école. Ils se rencontraient en secret. Mais tu as prévenu ton père, qui a compris alors qu'il devait les éliminer tous les deux. Tu me suis ?

— Oui, mais je ne suis pas sûr d'être d'accord.

Pourquoi Forestier s'est-il confié à Mo? Je croyais qu'il la faisait chanter. Pourquoi n'est-il pas allé vous trouver?

— J'ai déjà deviné que tu n'aimais pas le vicomte, déclare la détective en lui jetant un regard condescendant. Il ne m'a pas fait une très bonne impression, à moi non plus. Mais il n'était pas si mauvais. Il se pourrait qu'à cause de problèmes dans son passé le vicomte Antoine n'ait pas eu confiance en la police. Nous croyons que c'est pour cette raison qu'il a parlé à Monique Hivon. Mais la vraie question est: «Pourquoi ton père a-t-il tué Christine Daneau?» As-tu une idée?

— Non, répond André en secouant vigoureusement la tête.

— Sais-tu pourquoi il a démissionné de son ancien poste pour en accepter un à moindre salaire? Est-ce qu'il fuyait un scandale?

— Je ne sais vraiment pas. Simon est un étranger pour moi.

— Je me dois de te dire que ton père proteste de son innocence.

— Bien, c'est ce qu'il doit faire, n'est-ce pas? demande André en haussant les épaules.

— Il a demandé à te voir.

— C'est dur.

— Nous apprécierions vraiment que tu lui rendes visite, dit la détective d'un ton plus amical. Nous voudrions que tu lui demandes pourquoi il a assassiné Christine Daneau.

— J'aimerais aussi connaître la réponse à cette question. Mais je n'ai pas l'intention de revoir Simon, jamais.

— Ne le fais pas pour lui. Fais-le pour nous. Pour aider à faire progresser l'enquête.

Elle tient André. Il se sent coupable de sa participation au drame. Et il veut vraiment connaître le mobile de Simon.

— Très bien, j'irai cet après-midi.

— Un de mes hommes t'y conduira, dit-elle en lui serrant la main. Une dernière question : tu dis avoir entendu trois coups de feu, hier soir. Pourrais-tu t'être trompé et n'en avoir entendu que deux ?

— Non, absolument pas.

— Bizarre.

— Pourquoi ?

— Nous n'avons retrouvé que deux balles.

André quitte le bureau, se sentant comme un traître. Même s'il est coupable, Simon est son père. Doit-il aider la police ? Qui sait quelles terribles circonstances l'ont poussé à tuer Christine ?

Un groupe de filles joue sur la pelouse. « Étrange comme certaines personnes oublient vite la mort », se dit André. Aussitôt qu'elles le voient, le jeu s'arrête. Quatre d'entre elles lui crient des injures, deux autres crachent dans sa direction. André voudrait leur crier : « Ne m'en veuillez pas ! Blâmez mon père ! » Mais c'est inutile.

Sylvia Drake arrive derrière lui et dit :

— Les filles, vous devriez avoir honte ! Allez

dans vos chambres !

Elles s'éloignent et l'enseignante d'anglais se tourne vers André pour lui demander :

— Est-ce que ça va ?

— Tout le monde m'en veut pour ce que mon père a fait, répond-il en haussant les épaules.

— Tu vas quelque part ? demande-t-elle en regardant son sac.

André explique que son sac contient tout ce qu'il lui reste.

— Peut-être qu'il vaudrait mieux que tu t'en ailles.

— La police ne me le permet pas.

Un autre groupe d'élèves passe, chacun lançant un regard noir à André.

— Les adolescents peuvent être les êtres les plus cruels du monde. C'est le groupe le moins tolérant de tous. Un jour, peut-être, ils auront honte de leur comportement actuel. Mais cela n'est pas d'un très grand réconfort pour toi, n'est-ce pas ? dit madame Drake en tapotant le dos d'André. Viens ! Il est temps que tu prennes ta première leçon d'anglais.

Durant l'heure suivante, André se plonge dans les problèmes de vocabulaire et de syntaxe. L'enseignante le pousse continuellement à se concentrer. Le travail lui procure un répit bienvenu après la tension des derniers jours. La réalité s'efface. Alors, un policier vient le chercher pour l'emmener voir son père.

Simon a des cernes sous les yeux et il n'est pas rasé. Ses cheveux pendent sans cacher son crâne dégarni.

— Ils ne cessent pas de me demander pourquoi j'ai quitté mon emploi précédent, comme si ça devait expliquer les meurtres. Je me sens comme le personnage principal de la série *Le Prisonnier*. Tu te souviens: «Dites-nous juste une chose, numéro six: pourquoi avez-vous démissionné?» Quoiqu'ils ne m'aient pas encore donné de numéro.

— Pourquoi as-tu démissionné?

— Comme je leur ai expliqué, je n'aimais plus mon travail, répond Simon d'une voix lasse. Le Ministère a imposé des changements qui nous font revenir vingt ans en arrière et je devais implanter ces politiques débilitantes. Je détestais ça. À chaque réunion, je recevais de nouvelles directives ordonnant l'ajout d'examens et de consignes qui n'ont rien à voir avec l'éducation. Alors j'ai démissionné. C'est tout! Il n'y a pas eu de scandale. Seulement un autre enseignant qui en avait ras le bol. Mais j'avais une porte de sortie. Christine m'avait appelé quelques fois pour me persuader de venir travailler avec elle et de mettre en pratique les idéaux que nous partagions autrefois.... Mais nous n'en avons pas eu l'occasion.

Le ton de Simon est convaincant. Pourtant André ne sait pas s'il doit le croire ou non. Son père essaie de faire la conversation et lui demande:

— Comment ça va à l'école? As-tu fini ton travail d'histoire?

— Pas tout à fait.

— Je commence à ressentir de la sympathie pour Dreyfus. On l'a piégé, lui aussi. Déporté à vie à l'île du Diable. Puis celui qui l'avait fait condamner a avoué et s'est suicidé. Dreyfus a été réhabilité. Il a même participé à la Première Guerre mondiale et y a survécu. Alors, il y a de l'espoir pour moi.

André essaie de rire. Les yeux de son père sont rouges. Sa voix devient rauque :

— Ce n'est pas moi, André. Je n'ai tué personne.

André voudrait quitter la pièce trop petite. Il ne doit rien à Simon. En ce qui le concerne, la seule chose qu'ils partagent, c'est leur nom de famille. Et il préférerait avoir pris le nom de famille de sa mère, comme l'a fait Noémi.

— Excuse-moi, Simon, mais je ne te crois pas.

Son père se penche vivement en avant. André pense qu'il va pleurer, mais il parle plutôt d'une voix pressante :

— Depuis qu'on m'a laissé seul, je n'ai cessé de réfléchir à ce qui a bien pu se passer. Qui a tué Christine et m'a piégé pour que je sois accusé des deux autres meurtres ?

— Piégé ?

— Oui. Quelqu'un a tué Forestier et Mo, puis m'a tiré dessus quand j'essayais de fuir le carnage. Le tueur m'a manqué, mais je me suis cogné la tête contre un arbre. Pendant que j'étais sans connaissance, il m'a mis la carabine dans les mains, puisqu'on y a retrouvé mes empreintes digitales.

André secoue la tête: l'histoire est trop invraisemblable. Simon poursuit:

— Ils m'ont accusé d'avoir volé la clé du bureau de Christine pour en faire fabriquer un double. Oh oui, quelqu'un l'a fait! Il est allé à Saint-Jacques, le jour même où j'y ai été faire réparer la vitre de l'Escort. Malheureusement, l'employé de la quincaillerie ne se rappelle pas pour qui il a taillé un double de la clé. Alors, je suis encore piégé.

André se dit que Simon délire.

— La troisième balle! poursuit son père. La troisième balle serait une preuve. La police dit qu'elle n'existe pas, que personne ne m'a tiré dessus, que je me suis assommé en m'enfuyant. C'est ridicule!

— Pourquoi as-tu tué Christine? demande André en se levant.

— Je ne l'ai pas tuée. Elle est la seule femme que j'ai jamais aimée!

André se retourne vers son père, n'en croyant pas ses oreilles.

— Qu'est-ce que tu as dit?

— Christine et moi avons été amants. C'était il y a quatorze ans, quand on suivait notre cours de formation. À la fin de l'année, je vous ai quittés, ta mère et toi, pour emménager avec Christine. On a vécu un an ensemble. Mais j'étais plus amoureux qu'elle ou alors c'est que l'enseignement a toujours été plus important pour elle. Toujours est-il qu'elle m'a quitté pour aller enseigner bénévolement en Afrique. On n'a plus jamais cohabité ensuite, mais on restait en contact. C'est comme ça qu'elle m'a offert cet emploi au manoir.

André est sidéré : sa mère ne lui a jamais dit que Simon les avait quittés pour une autre femme. Il croyait que c'était parce que Simon n'était pas prêt à avoir un enfant. Mais Christine...

— Pourquoi ne m'as-tu rien dit de Christine avant ? demande-t-il, furieux.

— Parce que tu ne lui aurais pas donné sa chance. Christine est... était une femme fantastique. Je voulais que tu l'aimes.

— Je m'excuse, Simon, je ne sais pas quoi penser.

— Reviens me rendre visite. Aide-moi à me disculper.

— Je ne sais pas. Peut-être.

* * *

— Puis ? Il t'a dit quelque chose d'utile ? demande le policier, à la sortie.

André ne sait plus que croire. La police découvrira tôt ou tard l'existence de la relation entre Simon et Christine, mais il ne peut pas être celui qui la révèle.

— Non, répond-il fermement. Je n'ai rien appris.

Chapitre 14

André est perdu dans le bois. Non loin de lui, il entend Noémi crier. Quelqu'un essaie de lui faire mal, mais André ne peut voir où elle est. Il avance en trébuchant dans la clairière. De sous une grosse souche, un corps se redresse. C'est Forestier. Il lui manque la moitié du visage, mais ses yeux sont à leur place et sont remplis de haine. Forestier lève sa carabine et vise André, qui se penche. Un cri retentit derrière lui. Il se retourne. Mo s'est effondrée. Le sang coule de sa poitrine.

— Ça ne peut pas être vrai ! hurle André.

Puis son père arrive dans la clairière, un revolver à la main. Quelque part derrière lui, André entend la voix de Noémi dire :

— Fais partir André ! Fais-le partir !

Simon prend le revolver par la crosse et le tend à André en disant :

— Tiens ! Pourquoi ne finis-tu pas ce que tu as commencé ?

André prend le revolver et le pointe vers son

père. Forestier se tient à la gauche de Simon et il rit. André tourne son arme dans sa direction. Mais avant de pouvoir tirer, il voit avec horreur la tête du garçon se fendre en deux. Lentement, le corps de Forestier se scinde en deux et chaque moitié s'écroule par terre. Il ne reste que son rire.

André vise son père. Mais il n'a pas le temps de tirer, qu'un autre coup de feu retentit. Simon s'effondre, touché à mort. Une silhouette s'avance vers André dans l'ombre des arbres. Il ne peut pas voir qui c'est, seulement que cette personne tient un revolver identique au sien.

— Je veux qu'il s'en aille ! Maintenant !

— Noémi, calme-toi !

Et puis André se réveille dans le lit de son père. Il entend Noémi se disputer avec Marc.

— Il m'a trahie ! dit-elle.

— Non, il ne t'a pas trahie, répond Marc d'une voix calme. Tu dramatises, comme d'habitude. André ne pouvait en aucune façon savoir que son père était le meurtrier. Moi-même, j'ai de la difficulté à le croire. Je lui ai dit qu'il pouvait rester ici jusqu'à ce qu'il lui soit possible de quitter l'école, dans un jour ou deux, je suppose.

— Je ne peux pas dormir sous le même toit que lui, réplique-t-elle d'un ton énervé.

— Il est temps que tu retournes à ta résidence, dit Marc, calmement. En ce moment, André a plus besoin que toi de rester ici. Il n'est en sécurité nulle part ailleurs.

— Je te déteste ! crie Noémi avant de sortir en claquant la porte.

Une minute plus tard, on cogne à la porte d'André. Marc entre, une tasse à la main.

— Comme je le craignais, cette dispute t'a réveillé. Tu ne dois pas en vouloir à Noémi, elle subit beaucoup de stress en ce moment.

André boit le café que Marc lui a apporté.

— Tu assisteras à tes cours, aujourd'hui ? lui demande le professeur de français.

— Peut-être.

— Ça te fera du bien. Tu penseras à autre chose.

— D'accord, je vais essayer.

Après le départ de Marc, André prend une douche et s'habille. Tout en marchant vers le manoir, il songe aux révélations que son père lui a faites la veille. S'il est coupable, Simon lui aurait-il parlé de son aventure avec Christine ? Par contre, cette relation pourrait ne pas avoir pris fin treize ans plus tôt. Et s'il y avait eu une dispute entre lui et Christine ?

— Ah ! le voici !

Marchand est accompagné d'un homme à l'aspect féroce. André le reconnaît d'après des photos vues dans les journaux : c'est le comte Forestier.

— Je t'ai cherché à ta résidence, dit Marchand. Le comte Forestier aimerait te dire un mot.

Marchand pose un drôle de regard sur André, il a sans doute vu l'état dans lequel est sa chambre.

— Et lorsque vous aurez terminé, j'aimerais que tu viennes me voir à mon bureau, s'il te plaît.

André échange une salutation maladroite avec le père du mort.

— Allons nous promener, dit le comte.

Ils se mettent en route vers le bois.

— Je veux savoir pourquoi mon fils est mort, reprend le comte. La police dit une chose ; les journaux, une autre. Mais tu y étais. Quelle est ta version des faits ?

— Je n'ai pas lu les journaux du matin. Mais l'« interview » qu'ils ont publiée hier était un fatras de mensonges. Je n'ai rien dit de tel... Philippe a dû vous le dire.

— Oui.

— Je suppose que, la nuit du meurtre de Christine, Fores... votre fils a vu quelque chose qui pouvait incriminer mon père.

— C'est impossible. Mon fils était dans le train au moment du meurtre. Ma femme est allée le chercher à la gare.

— Peut-être qu'il a entendu quelque chose qui indiquait que mon père allait la tuer. Je ne sais vraiment pas. Je ne sais pas pourquoi mon père a tué Christine Daneau.

— Tu détestais Antoine, n'est-ce pas ?

— Pourquoi dites-vous ça ?

— C'est toi qui as rapporté sa présence à l'école durant les vacances. Il t'a attaqué le matin du jour où il a été tué. C'est écrit dans le registre de l'école.

— Oui, on était des ennemis.

Ils sont arrivés au bord de la clairière où le drame a eu lieu. Le ruban jaune de la police a été enlevé. Ils s'arrêtent et le comte Forestier se tourne vers André pour lui dire :

— Mon fils était un garçon perturbé. Ici, c'était la seule école capable de le contrôler. Il pouvait être... cruel. Mais cela ne veut pas dire qu'il méritait la fin qu'il a connue. J'ai besoin de savoir pourquoi il est mort, qui l'a tué et pour quel mobile. Jusqu'à présent, les faits ne concordent pas.

— Non, en effet.

— J'ai une formation d'avocat. Je pense à une personne autre que ton père qui avait et le mobile et l'occasion de tuer mon fils.

André se tait. Il devine ce qui va suivre. Le comte s'éclaircit la gorge avant de lui demander :

— Est-ce toi qui l'as tué, André ?

Avant qu'André puisse répondre, Noémi surgit soudain de l'ombre des arbres. Elle porte des jeans et un t-shirt noirs.

— J'ai entendu votre conversation, dit-elle. André n'a pas tué votre fils. Vous pourriez aussi bien m'accuser du crime. André était plus loin de la scène que moi.

André la présente au comte qui demande :

— Qu'est-ce que tu fais ici ?

— La détective m'a demandé de revenir sur la scène du crime pour voir si je me souviendrais d'un détail quelconque. Je pouvais difficilement éviter d'entendre votre conversation.

— Y a-t-il autre chose que l'un ou l'autre pourrait ajouter?...

— Il n'y a rien, répond André.

L'homme imposant rebrousse chemin.

— Merci de m'avoir défendu, dit André à Noémi.

— Je déteste les gens comme lui. Ils croient que, parce qu'ils possèdent tout, ils savent tout... Ne pense pas que je t'ai pardonné. Tu aurais pu me faire tuer l'autre nuit.

— Je suis désolé, je n'avais pas la moindre idée...

— Je ne crois pas, en effet.

Désireux de regagner sa confiance, André lui raconte sa conversation avec Simon, dont la révélation que son père avait été l'amant de Christine.

— En tout cas, conclut-il, quand Mo aura repris connaissance, elle pourra nous dire qui est coupable.

— Peut-être, dit Noémi d'un ton peu convaincu. En supposant qu'elle reprenne connaissance. Mais un choc pareil affecte souvent la mémoire.

— Tu veux bien qu'on redevienne amis? Je n'en ai pas d'autre ici... bien, à part Marc.

Noémi sourit. André la prend gauchement par la taille et ils s'étreignent maladroitement.

— Rentrons, dit-elle lorsqu'ils s'écartent l'un de l'autre.

— Non, attends une minute. Mon père a dit que les policiers n'ont pas retrouvé la troisième balle, celle qu'il prétend avoir été tirée sur lui. Je veux juste la chercher un peu.

— Ils m'ont parlé de cette troisième balle, mais je n'ai entendu que deux coups de feu.

Ils cherchent autour de l'arbre près duquel est tombé Simon.

— Crois-tu vraiment que ton père pourrait être innocent ?

— Je ne sais pas. Je voudrais une preuve. Comme le comte, je trouve que les faits ne concordent pas. Tu ne l'as pas clairement vu tirer, hein ?

— Ça s'est passé si vite. J'avais peur qu'on me voie. Rien n'est clair.

— Forestier et Mo ont été touchés à bout portant. Supposons pour un instant que mon père dise la vérité, qu'on lui ait tiré dessus aussi. Le tireur devait se tenir près d'ici. Alors, la balle serait arrivée là-bas.

André montre du doigt un épais fourré trente mètres plus loin.

Ils cherchent la balle qui servirait à innocenter Simon mais, au bout d'une heure, André commence à douter qu'un troisième coup de feu ait été tiré. Après tout, Noémi ne s'en souvient pas.

— Allons-nous-en, lui dit-il. Ça ne sert à rien.

Alors qu'il passe près d'un endroit qu'ils ont déjà fouillé, André remarque soudain un trou rond dans le tronc d'un arbre. L'écorce a été enlevée et il peut voir jusqu'où la balle a pénétré, mais celle-ci n'y est plus. André montre le trou à Noémi et dit :

— Quelqu'un est passé ici avant nous. Et ça ne peut pas être mon père, il est en prison.

— Je doute que ce soit un élève. Philippe leur a défendu l'accès au bois.

Ils retournent vers l'école. En chemin, André essaie de trouver un sens à leur dernière découverte.

— Suppose que Forestier ait reconnu quelqu'un d'autre ici et l'ait associé au meurtre de Christine.

— Dans ce cas, ça pourrait être n'importe qui : un étranger, un psychopathe...

— Pas n'importe qui. Juste avant le premier coup de feu, j'ai entendu Mo crier : « Toi ! » Elle a reconnu celui qui lui a tiré dessus.

— Peut-être. On commence à penser qu'il y avait beaucoup de monde dans le bois, la nuit de la tuerie.

— André ! l'interpelle Marchand de la fenêtre ouverte de son bureau. Tu devais venir me voir il y a une heure.

— Je vais voir Mo à l'hôpital, dit Noémi en quittant André.

Elle monte dans la voiture de Christine. André se rend au bureau de Marchand. Celui-ci lui fait signe de s'asseoir et lui annonce :

— Les funérailles de Christine auront lieu demain.

— Qu'est-ce que l'expert a dit ?

— Assassinat par un ou des inconnus. De toute façon, les policiers semblent convaincus que ton père est coupable... Ils disent aussi qu'ils n'ont plus besoin de t'interroger. Ainsi donc, je vais devoir te demander de quitter le pensionnat ce soir. Ta présence ici, il va sans dire, est un rappel embarrassant et pénible des récents événements. Je veux que tu sois parti avant les funérailles.

— Je veux y assister.

— Je ne trouve pas que ce soit recommandable. La famille n'apprécierait pas.

— La seule « famille » que je connaisse, c'est Noémi, dit André, furieux. Je suis sûr qu'elle ne s'opposerait pas à ma présence.

— Je ne peux pas t'empêcher d'assister aux funérailles, réplique Marchand sur le même ton. Mais je peux exiger que tu quittes l'école. Je veux que tu aies fichu le camp en fin d'après-midi.

— Je n'ai pas d'endroit où aller. Ma mère est en vacances. Mon père est en prison. Il me semblait que cette école n'expulsait jamais d'élève.

— Nous n'expulsons personne et je ne veux pas créer de précédent. Souviens-toi que tu es un élève non payant et que ce n'est pas grâce à tes résultats scolaires, mais bien parce que ton père travaillait ici. Cette clause ne s'applique plus. Toutefois, si tu décidais de rester, une assemblée pourrait être organisée. Si j'en juge d'après la dernière réunion, la plupart des élèves ne veulent pas de toi ici.

— Je ne m'en irai pas sans savoir ce qui s'est réellement passé, dit André en se levant. Puis vous ne me verrez plus jamais.

Il tourne le dos à Marchand et sort de son bureau.

— Je maintiens ma décision, crie Marchand. Je veux que tu t'en ailles cet après-midi.

Chapitre 15

André se rend directement à l'endroit le plus tranquille de l'école, la bibliothèque. Il se cache dans un coin. Il a besoin de calme pour penser. Mais au bout de cinq minutes à peine, Tania apparaît en compagnie de Mathieu.

— On te cherche, dit Mathieu. Je suis entré dans ta chambre ce matin pour te réveiller et j'ai vu ce qu'ils ont fait.

— Ça n'a plus d'importance. Marchand m'a donné jusqu'à la fin de cet après-midi pour quitter l'école.

— Il ne peut pas faire ça ! s'écrie Tania d'un ton indigné.

— Il vient de le faire.

— L'assemblée des élèves... commence Mathieu.

— ... approuvera Marchand, si nous organisons une réunion, l'interrompt André.

— Ce n'est pas juste ! déclare Tania. Ce n'est pas toi le coupable, c'est ton père.

— Je ne suis même pas certain qu'il est coupable, malgré ce que prétend la police, dit André. Je pense que quelqu'un a piégé Simon. Et cette personne est présentement dans l'école.

— Alors, tu ne peux pas partir avant d'avoir découvert qui c'est, dit Mathieu.

— Je sais, mais Noémi est sortie et je ne peux pas faire ça tout seul.

— Tu n'as pas besoin de Noémi, dit Tania. Mathieu et moi, on va t'aider.

Deux heures plus tard, Marc conduit André au terminus d'autobus et lui achète un billet pour Montréal. Mais, à la demande d'André, il n'attend pas avec lui le départ de l'autobus. Avant de le quitter, Marc lui serre la main en disant:

— Je suis désolé que ça se termine ainsi.

Lorsque l'enseignant n'est plus en vue, André revient vers le pensionnat en suivant le chemin que Noémi lui avait montré. Il arrive à la noirceur, mais Tania l'attend près du théâtre.

— Je t'ai apporté à manger, dit-elle. Ton amie Noémi est rentrée, mais elle est allée directement à la résidence des enseignants. Je n'ai pas pu lui dire que tu revenais.

André est contrarié. Il ne veut pas que Noémi croie qu'il l'a abandonnée, qu'il est parti sans même lui laisser un message d'adieu.

— Où est Mathieu?

— Au manoir. La police y est de retour. Il pensait apprendre du nouveau. Si les rumeurs sont exactes, l'école va être fermée. Je mettrai le feu à la nouvelle bâtisse.

— Tu détestes cette école ?

— En partie. J'aime la musique. Je détestais les cours de français en arrivant ici, mais Marc est correct. J'ai même été à un cours de ton père. Il était pas mal bon, lui aussi... il n'a pas l'air d'un meurtrier, selon moi.

— Ça ressemble à quoi, un meurtrier ?

— À toi, d'après les derniers rapports, dit une voix dans leur dos.

Tania et André se retournent d'un bond. Mathieu est entré sans bruit.

— J'ai écouté à la porte du bureau de Marchand. La détective est furieuse qu'il t'ait renvoyé sans la prévenir. Elle l'a engueulé. Elle avait reçu de nouvelles informations à propos de ton père et de Christine. Ils croient que tu pourrais l'avoir tuée, pour venger ta mère, puis que tu aurais tué Forestier parce qu'il était sur ton chemin et que tu t'es arrangé pour faire accuser ton père.

— C'est ridicule ! proteste Tania.

— Non, ça ne l'est pas, dit André. Ça a du sens. Papa a dû leur parler de son aventure avec Christine et leur dire que je suis au courant. Alors, ils ont décidé qu'il n'avait pas de mobile mais moi, oui. Ils l'ont relâché ?

— Non, ils ne le feront pas tant que Mo est dans le coma et qu'ils ne t'ont pas trouvé. Ils savent que tu n'es pas monté dans l'autobus. Des centaines de policiers ratissent la région à ta recherche.

— Tu as de la chance que Marchand t'ait mis à la porte ! dit Tania en riant.

— Ils ne tarderont pas à penser que tu es ici, dit Mathieu avec grand sérieux. Et il n'y a pas tant de cachettes possibles à l'école. On doit découvrir le vrai meurtrier, et vite.

Ils passent en revue les événements des derniers jours. Soudain, Mathieu dit :

— Il y a un autre suspect, à part ton père et toi, une personne qui aurait pu facilement faire un double de la clé et que Mo aurait reconnue dans le bois. Celui à qui la direction de l'école avait échappé, mais qui l'a obtenue à la mort de Christine. Celui qui a interdit qu'on aille dans le bois pour avoir le temps de récupérer la balle. Celui qui t'a renvoyé avant que tu puisses découvrir le vrai coupable. Celui qui a été au-dessus de tout soupçon jusqu'à présent…

Ils se regardent et sifflent le nom en même temps :

— Philippe Marchand.

Chapitre 16

André est réveillé par un bruit semblable au grondement d'une tondeuse à gazon géante. Par la fenêtre du théâtre, il voit un hélicoptère se poser sur la pelouse du manoir. C'est trop loin pour qu'il reconnaisse les passagers qui en descendent.

Sa montre indique neuf heures. Les funérailles ont lieu à quinze heures. Il veut y assister, mais il sait qu'il risque alors d'être pris. Quoi qu'il arrive, il doit parler à Noémi. S'il peut lui communiquer ses soupçons au sujet de la culpabilité de Marchand, ce ne sera pas grave qu'il soit arrêté.

La porte du théâtre s'ouvre. André se presse contre un mur. C'est Mathieu qui lui apporte un sandwich, du lait et des nouvelles :

— Tania vient de voir rentrer Noémi à la résidence des filles. Je ne sais pas où elle est allée. Si tu veux sortir, c'est le bon moment. Tout le monde regarde l'hélicoptère.

— À qui est-ce ?

— Je ne sais pas. À la police peut-être.

André mange son sandwich en deux bouchées et laisse la moitié de son lait. Il s'avance le plus normalement possible vers la résidence des filles. Près du manoir, il y a encore une voiture de police, mais celle de Christine n'est plus là.

Comme il l'espérait, la résidence est déserte. Il se rend rapidement à la chambre de Noémi. Il ouvre la porte sans frapper.

— Noémi ? Tania m'a dit que…

Mais la personne dans la chambre n'est pas Noémi. C'est Marc Rodrigue. Le prof de français est assis au bureau de Noémi et, dans sa main gauche, il tient une balle de revolver légèrement écrasée.

— Toi ! s'écrie André. C'était toi !

Marc se lève. Dans sa main droite, il y a un revolver semblable à celui qui a été retrouvé près du corps de Simon. Marc commence :

— André, ce n'est pas…

André ne reste pas pour écouter le reste. Il s'enfuit de la chambre avant que Marc tire sur lui et sort de la résidence en courant. Derrière lui, Marc reste silencieux.

— Qu'est-ce…

Il a failli renverser Mathieu.

— Marc ! Ce n'est pas Marchand. C'est Marc Rodrigue. Il attend Noémi avec un revolver. C'est lui qui a enlevé la balle de l'arbre !

Mathieu le suit vers le manoir et lui demande :

— Qu'est-ce que tu vas faire ?

— Je dois prévenir Noémi. Toi, va avertir la police.

Mathieu continue sa route. André regarde alentour sans craindre d'être repéré. Il est innocent.

— André !

C'est Noémi au volant de l'auto de Christine. Elle s'arrête et descend de voiture.

— Merde ! Noémi, où étais-tu passée ? J'ai failli devenir...

— Je reviens de l'hôpital. Mo est toujours dans le coma. Qu'est-ce que tu fais ici ? La police te cherche.

— Tu dois t'en aller. Tu es en danger !

— C'est toi qui as des problèmes, réplique-t-elle d'un ton agacé. Selon la police...

— Ça n'a pas d'importance pour le moment, lui dit-il d'un ton pressant. Va au manoir. Je t'expliquerai tout. C'est très important !

— Ne me donne pas d'ordre, André ! Personne ne me dit quoi faire !

Elle est furieuse. André essaie de se calmer. Noémi a un tempérament vif, mais il n'a pas le temps de discuter avec elle.

— Je crois qu'on devrait aller au manoir et attendre la police, lui dit-il. Je dois te mettre en garde.

— Ça attendra. Je veux prendre une douche et me changer pour les funérailles de Christine. Je te verrai là-bas, dit-elle en s'éloignant.

— Tu ne peux pas retourner dans ta chambre. C'est là que Marc Rodrigue t'attend.

— Il vaut mieux que j'aille lui parler alors, dit-elle tranquillement.

— Tu ne comprends pas ! crie André. C'est lui, le meurtrier ! Il t'attend avec un revolver !

Le visage de Noémi devient blanc comme un drap. André a l'impression qu'elle va s'évanouir. Mais elle se détourne et se remet en marche.

— Où est-ce que tu vas ?

— Je vais voir Marc. Il faut que je règle tout ça.

— Que tu quoi ? Noémi, il va te tuer !

— Je vais voir Marc.

Il la saisit par les épaules. Elle lui donne un violent coup de poing en pleine poitrine en criant :

— Espèce d'imbécile ! Tu ne connais pas Marc. Laisse-moi tranquille !

— Je ne te laisserai pas te faire tuer !

Noémi est à l'intérieur de la résidence, maintenant. Il la suit à quelques pas de distance. C'est terrible. Elle a failli se faire tuer déjà. À présent, elle se dirige tout droit dans le piège du meurtrier. Le cœur d'André se serre lorsqu'elle ouvre la porte de sa chambre.

— Marc ?

Heureusement, il n'y a pas de réponse. Il entend un bruissement de papier et Noémi ressort de sa chambre en disant :

— Il n'est plus ici. Il est sûrement au manoir.

— Laisse la police lui mettre le grappin dessus.

— Je dois lui parler !

— Je ne te laisserai pas faire.

André se place devant la porte de la résidence, lui bloquant le passage. Noémi lui jette un regard glacé, effrayant, puis dit :

— Tu crois que Marc a tiré sur Mo et Forestier ? Mais tu m'as dit toi-même que tu l'avais vu entrer dans la résidence des enseignants, juste avant que Mo n'en sorte. Pourrais-tu m'expliquer alors comment il aurait pu en ressortir, te dépasser sans que tu t'en rendes compte et tirer avant que tu aies le temps d'arriver à la clairière ?

Elle a raison. Marc ne pourrait pas l'avoir fait.

— Tu es épais, André Laniel. Laisse-moi passer !

Elle sort et il se remet à la suivre. Des dizaines d'élèves reviennent vers le manoir après avoir examiné l'hélicoptère. Au loin, on entend les sirènes des voitures de police.

— André ! crie Marchand en traversant la pelouse au milieu des groupes d'élèves.

André crie à son tour, lui suggérant de faire quelque chose d'anatomiquement impossible. Il a cru que Marchand était le meurtrier, puis que c'était Marc. Il s'est trompé deux fois.

Il se sent humilié depuis sa rencontre avec Noémi. Mais il continue à la suivre. Tandis qu'il court derrière elle, un terrible soupçon monte en lui, le soupçon qu'il se trompe depuis le début. Il ne se préoccupe plus du danger. Il est impliqué dans ce gâchis, et il doit y voir clair. Tania le rejoint en courant.

— André, tu dois te cacher !

— Plus maintenant, Tania !

— As-tu vu qui est descendu de l'hélicoptère ? C'était…

Il s'éloigne d'elle en vitesse. Il se dit que Noémi doit le percevoir de la même façon qu'il voit Tania : une peste embêtante qui est utile de temps à autre. Devant lui, Noémi entre dans le manoir. André la suit à l'intérieur. Marc est debout à côté de la table de cuisine, le regard triste. Ses mains sont vides. Noémi lui demande impatiemment :

— Où est le revolver, Marc ?

André vient se placer à côté de Noémi. Une voix leur parvient de la pièce voisine :

— C'est moi qui l'ai. Il est à moi, après tout.

André reconnaît l'homme qui s'avance dans la cuisine, le revolver à la main. Noémi se tourne vers lui et dit :

— Oh ! c'est toi, papa !

Chapitre 17

En personne, Paul Nevers a l'air plus vieux qu'en photo. Son visage est ridé et ses cheveux, clairsemés. Mais c'est la première vedette rock qu'André voit de près, et sa présence emplit la pièce.

— Vous êtes le père de Noémi ?

Nevers hoche la tête et dépose le revolver sur la table près de Marc en disant :

— Tu dois être André. Marc vient de me parler de toi et de ton père. S'il te plaît, assieds-toi.

Tandis qu'André s'assied, le chanteur regarde sa fille, immobile comme une statue.

— Marc m'a appelé dès que Christine est morte et m'a tout raconté, dit-il.

Noémi penche toujours la tête. Son père lui relève le menton pour que leurs regards se rencontrent.

— Noémi, pourquoi as-tu tué Christine ? demande-t-il doucement.

Tous les doutes d'André s'évanouissent à la vue du regard vide de Noémi. Lorsqu'elle parle, l'ironie et la maturité ont disparu de sa voix :

— Je lui ai dit qu'on étaient amoureux, Marc et moi. Elle voulait me renvoyer pour éviter un autre scandale. Puis elle a dit à Marc qu'il ne pouvait plus me voir.

Toutes les pièces du casse-tête trouvent leur place. Ce n'est pas pour Christine que Marc est resté tout l'été, c'est pour Noémi. Nevers continue à questionner sa fille :

— Et les deux autres, pourquoi leur as-tu tiré dessus ?

Noémi est incroyablement calme. « Elle n'est pas normale, se dit André, encore sous le choc. Pourquoi est-ce que je ne l'ai pas remarqué plus tôt ? » Il était tellement amoureux d'elle qu'il n'a pas analysé son comportement. Il n'a jamais songé qu'elle pouvait être suspecte, elle aussi.

— Quand André m'a rapporté la conversation qu'il avait entendue, j'ai compris que Forestier savait, dit-elle d'une voix douce qui ne trahit aucun remords. Mo avait déjà des soupçons sur Marc et moi, alors j'ai décidé de me débarrasser des deux d'un coup. Si Simon n'avait pas été là, ça aurait été facile. J'aurais arrangé la scène pour qu'on croie que Mo avait tué Forestier, puis s'était suicidée. Quand j'ai entendu Simon s'enfuir, je lui ai tiré dessus. Il est tombé et je l'ai raté. Mais il s'est frappé la tête. Alors, j'ai décidé de faire croire que c'était lui qui avait tiré.

— Quand tu es venue parler au comte Forestier,

dans le bois hier, tu cherchais la troisième balle, hein ? demande André.

— Tu étais tellement aveugle ! ricane-t-elle. Tu ne m'as même pas vu empocher la balle ! Tu m'as parlé de l'aventure que ton père avait eue avec Christine, sans te douter que j'irais à la police. Et tu m'as même rappelé le risque que Mo me faisait courir. Je suis allée deux fois à l'hôpital dans l'espoir de pouvoir l'achever.

André ne réagit pas. Noémi ne peut plus le faire souffrir. Il est désolé pour elle. Il lui reste pourtant encore une question à poser :

— Ces coups de feu sur l'Escort, quand on est arrivés, Simon et moi, c'était toi, hein ?

— Tu continuais à croire que Forestier vous avait tiré dessus, même après que je l'ai tué, dit-elle d'un ton triomphant. J'ai tiré sur la voiture pour effrayer Simon. Je ne voulais pas qu'il s'installe à la résidence des enseignants et me sépare de Marc. Puis tu m'as dit que tu avais vu Forestier. Alors, j'ai caché la carabine dans sa chambre, avant de tuer Christine.

André est sidéré. Il se souvient que Forestier l'avait mis en garde contre Noémi. Celui-ci savait qu'elle avait une aventure avec Marc et qu'elle avait probablement tué sa tante. Cela lui avait coûté la vie.

— N'avais-tu aucun soupçon ? demande André à Marc.

— Christine m'avait parlé, répond l'enseignant

en secouant la tête. Elle m'avait expliqué la situation de Noémi et pourquoi je devais la quitter. Les tabloïds se seraient régalés: «La fille d'une vedette rock reçoit des leçons de sexe de son professeur de français!» Le matin de la mort de Christine, j'avais dit à Noémi qu'on devait se séparer.

André comprend que Noémi a dû faire fabriquer un double de la clé à Saint-Jacques, pendant qu'il était chez le disquaire.

— Si j'avais soupçonné Noémi, j'aurais révélé notre aventure à la police, poursuit Marc. C'est seulement quand Noémi est retournée voir Mo ce matin que j'ai commencé à avoir des doutes. J'ai appelé l'hôpital pour leur dire de ne pas les laisser seules. Puis, pendant que tout le monde regardait l'hélicoptère de Paul, j'ai commencé mes recherches...

La voix de Marc se brise. Il est au bord des larmes. Paul Nevers secoue lentement la tête et dit:

— Ce n'est pas ta faute, Marc. J'aurais dû venir dès que tu m'as appris la mort de Christine, plutôt que de terminer d'abord la tournée. Les revolvers que Noémi a utilisés sont les miens. Elle les a pris, ainsi que la carabine, dans mon armoire pendant l'été. Si quelqu'un est à blâmer, c'est moi. Il se tourne vers sa fille: les médecins m'avaient dit que tu allais mieux. Tu me l'avais dit, toi aussi. Ils ne te laisseront plus jamais sortir à présent. Comprends-tu ça? Jamais!

— Je m'en fiche complètement! réplique

Noémi d'une voix enfantine. Voilà la police. Ils vont m'emmener.

Elle pointe la fenêtre du doigt. Comme ils se tournent tous les trois pour regarder, elle saisit le revolver.

— Non ! hurle son père.

Noémi lève l'arme. André ne sait pas qui elle veut tuer, seulement qu'il est le plus proche. Le temps semble ralentir. Tandis que le doigt de Noémi se place sur la gâchette, André pousse la table pour frapper ses jambes. Puis il s'élance vers elle, la projetant sur le plancher.

Un coup de feu retentit.

L'instant suivant, c'est l'enfer. La porte de la cuisine s'ouvre grand. La pièce se remplit de policiers. Parmi eux, André voit Marchand le regarder avec stupeur. Marc et Paul Nevers se penchent sur lui. Ils parlent tous les deux, mais il ne comprend pas ce qu'ils disent. Il examine le sang qui se répand sur sa poitrine. C'est comme s'il était là et pas là, tout à la fois.

Puis il s'évanouit.

Chapitre 18

— Tu sais, c'est le père de Forestier qui avait payé la construction de cette bâtisse, dit Tania en refermant le couvercle du piano. Je ne crois pas que le studio d'enregistrement soit jamais bâti, à présent.

— Je me demande si c'est assuré, dit Mathieu. Tu pourrais y mettre le feu, Tania. Avec l'argent de l'assurance, l'école pourrait tenir le coup quelque temps.

André dépose la guitare dont il jouait. Son épaule le fait encore souffrir.

— Selon Simon, l'école est en faillite. Tous les élèves qui ont quitté après la tuerie n'avaient pas payé leur trimestre. Les enseignants sont partis, à part Marc, Simon, Georges et Sylvia. Oh ! et Marchand, bien sûr !

— Je pourrais enseigner les sciences, propose Mathieu. J'en savais plus qu'eux, de toute façon.

— Comment va Mo ? demande Tania.

La psychologue est sortie de son coma quatre jours plus tôt, juste après les funérailles retardées de Christine.

— Elle devrait être complètement remise pour Noël, répond André. Je suppose qu'aucun de nous ne sera ici pour la voir.

Il sort un petit calepin de sa poche et note quelques mots pour la chanson qu'il est en train d'écrire.

— Qu'est-ce que tu vas faire ? lui demande Tania.

— Ma mère rentre de vacances demain. Je lui demanderai de m'obtenir un emploi à l'entrepôt du supermarché. Et toi ?

— Je vais rentrer terroriser mes parents. Quels diplômes faut-il pour devenir pompier ?

Ils rient encore lorsque la porte s'ouvre pour livrer passage à Simon et à Paul Nevers.

— Comment va Noémi ? demande André.

— On ne le saura pas de sitôt, répond Nevers. La détective Cartier ne croit pas qu'elle subira un procès, maintenant que la police connaît son histoire.

— Quelle histoire ? demande André.

— Je vais vous la raconter, car je vous dois à tous des explications, répond Nevers. J'ai été l'un des premiers élèves du manoir aux Bouleaux. J'avais treize ans, c'était la fin des années soixante ; on ne faisait pas grand-chose, mais j'ai appris à jouer de la guitare et je me suis bien amusé. C'est alors que j'ai connu Christine, mais on n'était pas intimes. Elle avait un an de plus que moi et prenait ses études très au sérieux. En 1970, la jeune sœur de Christine, Nathalie, est arrivée. Elle avait un an de moins que moi ; ça a été le coup de foudre réciproque. Pendant deux ans, on a été inséparables. Puis elle est devenue enceinte. Noémi est née le jour des seize ans de Nathalie. J'avais quitté l'école, à l'époque. Christine était à l'université. Nathalie et moi avions habité chez ses parents jusqu'à la naissance du bébé. Ensuite, je suis parti. J'étais trop jeune pour être père. Nathalie était trop jeune aussi, mais elle n'avait pas le choix dans les circonstances. J'ai passé le reste des années soixante-dix à jouer avec différents groupes et à dormir par terre. Je voyais Nathalie et le bébé de temps en temps, mais pas assez pour être un vrai père pour Noémi et un vrai ami pour sa mère. Je n'envoyais jamais d'argent. J'en avais rarement assez pour me nourrir moi-même. Nathalie a été hospitalisée plusieurs fois, souffrant de dépression nerveuse. Comme elle se droguait, ses parents l'ont jetée à la rue. Ils ont essayé de garder Noémi, prétextant que Nathalie ne pouvait pas décemment s'occuper de sa fille. Mais elle a emmené son enfant. Je m'en veux encore de ne pas avoir été auprès de Noémi, à ce moment-là.

Je ne suis pas resté en contact avec Nathalie. J'avais formé Never Surrender et le groupe commençait à avoir du succès. Lorsqu'on a eu notre premier disque d'or, j'ai mené la vie de vedette : une maison magnifique, des voitures de luxe, des fiançailles avec un *top model*. Le jour de mon mariage, Nathalie s'est suicidée. Elle s'est servie d'un pistolet de l'armée appartenant à son père. Noémi avait neuf ans ; c'est elle qui a découvert le cadavre de sa mère.

Je n'ai appris le suicide de Nathalie qu'à mon retour de voyage de noces. Je n'ai pas pu voir Noémi, qui était sous traitement psychiatrique. Elle a été incapable de parler durant plusieurs semaines. À sa sortie de clinique, mon mariage était terminé et j'étais consumé de remords pour ce qui s'était passé. J'ai insisté pour qu'elle vienne vivre avec moi.

Évidemment, ce n'était pas une vie pour une petite fille. Elle avait une gouvernante. J'étais en tournée neuf mois par année et je passais le reste du temps dans un studio d'enregistrement. Je lui donnais de l'argent et des cadeaux, mais elle m'en voulait d'avoir abandonné sa mère. Je la négligeais, elle aussi, et elle le savait. Lorsqu'elle a eu treize ans, je l'ai inscrite dans un pensionnat, puis dans un autre. Mais ça n'allait jamais. Les autres pensionnaires la détestaient d'avoir un père célèbre dont les photos ornaient les murs de leurs chambres. Noémi en vint à faire croire qu'elle était orpheline.

J'ai fait des efforts, croyez-moi. J'ai quitté le groupe pour passer le plus de temps possible avec Noémi. J'ai essayé en vain de l'intéresser à la musique. Elle disait qu'elle voulait étudier, mais chaque école où je l'inscrivais la renvoyait. À seize ans, elle a attaqué une autre élève avec un couteau de poche. Pendant deux ans, elle a suivi des thérapies, l'une après l'autre.

Christine m'a suggéré d'envoyer Noémi au pensionnat aussitôt qu'elle en serait la directrice. Noémi commença par refuser puis, après une autre année passée en institution, elle a changé d'idée. Nathalie l'avait emmenée ici quand elle était petite ; elle en avait gardé de bons souvenirs.

Noémi est arrivée au manoir en janvier. Seules, Christine et Mo connaissaient son histoire. Les autres croyaient que son retard scolaire était dû à une longue maladie.

Christine s'entendait bien avec Noémi et devint une deuxième mère pour elle. Les enseignants étaient contents d'elle, surtout Marc. Quand Noémi m'a demandé de passer l'été au pensionnat, j'ai été enchanté. Christine également.

Vous connaissez la suite. Marc a fait croire qu'il écrivait un roman pour pouvoir rester aux Bouleaux avec Noémi. Je ne peux pas trop lui en vouloir. Noémi est jolie et intelligente ; il n'y a que quatre ans de différence entre eux. Ils ont été heureux ensemble, mais Marc n'avait aucune idée à quel point son passé la rendait instable. Voilà, vous savez ce qui vous a causé tous ces tourments… Simon, qu'allez-vous faire, maintenant ?

— Profiter de ma liberté. Me remettre de mes émotions. Apprendre à mieux connaître André, s'il le permet. Je dois me trouver un nouvel emploi. Je ne sais pas quoi, avec cette récession qui n'en finit pas, mais tout sauf enseigner.

— Ce serait dommage, dit Paul Nevers.

— Je ne crois pas qu'on voudra de moi après tout ce scandale. Je ne veux plus enseigner dans une école publique, de toute façon.

— Cette école-ci vous garderait, dit Nevers avec sincérité.

— Cette école est en faillite.

— Plus maintenant, réplique le chanteur. J'ai réglé les dettes. J'ai également offert au trust qui dirige l'école assez d'argent pour que les salaires des profs soient payés.

— C'est très impressionnant, mais…

— J'ai rencontré les commissaires, ainsi que Monique Hivon. Ils sont tous d'accord à propos de mes projets. Je dois beaucoup au pensionnat. Je ne peux pas laisser cette école fermer à cause des méfaits de ma fille. Si vous voulez bien en accepter la direction, je contribuerai à vous permettre de réaliser ce que Christine voulait en faire.

— Qu'est-ce que ça veut dire : en accepter la direction ?

— Nous voudrions que vous remplaciez Christine.

— Mais Philippe Marchand en est déjà le directeur.

— Il ne l'est plus, dit Nevers en secouant la tête. Ce matin, les commissaires ont demandé qu'il démissionne. C'est assez ironique, d'ailleurs. Lorsque la tuerie a eu lieu, Marchand a refusé de donner des renseignements aux journalistes. Cette attitude a particulièrement déplu à un reporter qui avait déjà eu affaire à Marchand auparavant. En effet, c'est à lui que Marchand avait vendu son témoignage sur ce qui se passait aux Bouleaux. Ces renseignements provoquèrent le scandale que l'on sait. Marchand avait exigé de garder l'anonymat. Il croyait que la direction de l'école lui serait confiée après la démission forcée du directeur en poste. Mais les commissaires engagèrent Christine. Le reporter mécontent a contacté les commissaires, hier, et leur a tout appris. Marchand a été forcé de remettre sa démission.

Nevers se permet un petit sourire et ajoute :

— Il paraît qu'il l'a plutôt mal pris... Donc, Marchand s'en va et il nous faut d'urgence lui trouver un remplaçant. Nous avons besoin de quelqu'un de compétent, qui partage les idéaux de Christine et qui peut être au poste dès demain. Simon, vous avez la confiance du personnel et vous avez participé au bon fonctionnement de l'école cette semaine, alors que vous aviez toutes les raisons du monde de partir. Vous recevrez assez d'argent pour embaucher de nouveaux enseignants. Qu'en dites-vous ?

— Je ne sais pas quoi vous répondre.

— Prenez au moins le temps de réfléchir à notre offre.

— Je n'ai pas besoin de temps de réflexion. En fait, tout dépend d'une seule chose.

— Faites votre prix. Je paierai.

— Ce n'est pas une question d'argent.

Simon se tourne vers André et lui demande :

— Si j'accepte cet emploi, resteras-tu au pensionnat ? Me donneras-tu une deuxième chance ?

— Ouais, mais à une condition.

— Laquelle ?

André se tourne vers Paul Nevers et lui dit :

— Vous devez vous occuper convenablement de cette école. Pour commencer, il faudrait terminer la construction de ce studio.

— Ce sera fait, réplique Nevers.

— Et tu sais, papa, je veux aller voir maman demain pour me réconcilier avec elle.

— Pas de problème.

— Et reprendre ma guitare. Je veux former un nouveau groupe.

Il regarde sa montre et se lève en disant :

— Bon, il faut que j'y aille.

— Où ? demande Simon.

— À mon cours d'anglais.

André ouvre la porte. Sans se retourner, il sort dans la lumière radieuse du soleil couchant.

* * *

C'est l'été des Indiens. Plusieurs élèves sont couchés dans l'herbe au bord de la rivière. André les observe un moment, tout en pensant au père qu'il connaît à peine et à la nouvelle vie qu'ils vont commencer ensemble. Puis il songe à Noémi dont la vie a été gâchée avant même d'avoir vraiment commencé, et aux existences qu'elle a détruites.

Puis il tourne le dos à la rivière et se dirige vers le manoir aux Bouleaux, son école.

Dans la même collection

1. Quel rendez-vous !
2. L'admirateur secret
3. Qui est à l'appareil ?
4. Cette nuit-là !
5. Poisson d'avril
6. Ange ou démon ?
7. La gardienne
8. La robe de bal
9. L'examen fatidique
10. Le chouchou du professeur
11. Terreur à Saint-Louis
12. Fête sur la plage
13. Le passage secret
14. Le retour de Bob
15. Le bonhomme de neige
16. Les poupées mutilées
17. La gardienne II
18. L'accident
19. La rouquine
20. La fenêtre
21. L'invitation trompeuse
22. Un week-end très spécial
23. Chez Trixie
24. Miroir, miroir
25. Fièvre mortelle
26. Délit de fuite
27. Parfum de venin
28. Le train de la vengeance
29. La pension infernale
30. Les griffes meurtrières

31. Cauchemar sur l'autoroute
32. Le chalet maudit
33. Le secret de l'auberge
34. Rêve fatal
35. Les flammes accusatrices
36. Un Noël sanglant
37. Le jeu de la mort
38. La gardienne III
39. Incendie criminel
40. Le fantôme de la falaise
41. Le camp de la terreur
42. Appels anonymes
43. Jalousie fatale
44. Le témoin silencieux
45. Danger à la télé
46. Rendez-vous à l'halloween
47. La vengeance du fantôme
48. Cœur traqué
49. L'étranger
50. L'album-souvenir
51. Danger ! Élève au volant
52. Vagues de peur
53. Obsession
54. Porté disparu
55. Rendez-vous à l'halloween II
56. La gardienne IV
57. Les jumelles
58. Le gars d'à côté
59. La cible
60. Dernier refuge

ACHEVÉ D'IMPRIMER
EN MARS 1996
SUR LES PRESSES DE
PAYETTE & SIMMS INC.
À SAINT-LAMBERT (Québec)